「グレン・ウォーカー!! 今だ」
スカイ・ルーン
UE指定探索者。アレタやソフィとは知己で、
よく3人で飲み会を開いている。
〝ケルト十字〟なる遺物を
保有しており、その効果は――。
伸びた腕が、くるく
舞う。
血を噴きだしながら回る様は出来損ないのロケットに見えなくもない。
スカイ・ルーンのチェーンククリナイフが、怪物の腕を刈り取った。

水と油のアレタと貴崎、
でもその根幹は同じなのかもしれない。
アレタが凡人を語る。
貴崎が凡人を語る。
言葉は違えども、その記憶は同じ。
彼女たちはその汚い嗤い声を
もう忘れる事は出来ない。
アレタ・アシュフィールド
国家より特権と地位の指定を受ける指定探索者。
通称〝52番目の星〟。號級遺物〝ストーム・ルーラー〟を有する
現代最強の英雄。
「だから、貴女にはあげないわ。絶対に」

故に。
「だから、貴女には渡したくないんですよ、絶対に」
貴崎凛《きさき・りん》
過去最速で上級探索者に昇進した、味山の元パーティメンバー。
味山に思うところがあるため度々彼に接触を図る。
アレタとは犬猿の仲。

《――全部隊へ、
生きている奴に朗報だ。
上を見ろ。
一等星がよく見える》
TIPS€
アレタ・アシュフィールドが
神秘種〝ラスプー〟を討伐。
ストーム・ルーラーに
新たに水の神話の概念が付与された

凡人探索者のたのしい現代ダンジョンライフ 2

しば犬部隊

OVERLAP

A ModernDungeon Life Enjoyed by
The Ordinary Explorer

CONTENTS

イラスト／諏訪真弘

プロローグ ■ 【美味しい料理とニホン酒と】

「うわ、なんだ、これ美味《うめ》え……」

味山只人《あじやまただひと》は目を丸くする。

とろみのついたスープは木のスプーンで掬《すく》うとゼリーのように少し揺れる。

10月の夜風に冷やされた体に滋養が染みていく。

「それは、ようございました。フカヒレは良質なタンパク質を多く含み、肌にも良いと聞きます、わたくしの好物の1つです」

味山の真向かいに座る超絶美人がクスッと微笑《ほほえ》んだ。

「だから雨霧《あめきり》さん、肌綺《き》麗《れい》なんすね」

「まあ、お上手ですね、味山さま」

シミ一つない粉雪のような肌、泣きぼくろが笑顔に沿って揺れる。

自分の人生でこんな美人と食事する機会が来るなんて思ってもみなかった。

「そうだ、味山さまは〝同物同治〟という言葉をご存じですか？」

「同物同治？」

「わたくしの国に古くから伝わる考えです。身体《からだ》の弱っている部分を治すには弱っている部分と同じものを食べればいい。探索者である味山さまのお身体はきっと知らないうちに傷ついております、どうかここのお料理の何かが貴方《あなた》のお身体を少しでも癒せれば……」

にこりと微笑む雨霧に、味山はスプーンを持ったまま真顔で固まって。

「女神か？」

「え？」

「あ、ああ、いえ、すみません、間違えました。雨霧さんも冷めないうちに食べてください」

「ふふ、ありがとうございます。ふふ……温かいものは美味《おい》しいですね」

「うわ」

ぱちん！

思わず求婚したくなる衝動に味山は自分の頬を叩《たた》いて誤魔化した。

明らかに目の前の超絶美人は自分とは住む世界が違うのだ。

「まあ、どうしたのですか、味山さま。そんな風にご自身の頬を叩かれては危のうございます……」

「すみません。男はたまに発作的にこうなることがあるんです」

「あっはっはっは。ならないでしょ。ほら、雨霧ちゃん、お待たせ、ニホン酒2合、準備できたよー」

恰幅《かっぷく》の良い女将《おかみ》さんがテーブル席に現れる。

お盆に乗せたとっくりとおちょこをとんとんと小気味よくテーブルへ。

「ありがとうございます、女将さん。今日もお料理、とても美味しゅうございます」

「ありがとね、雨ちゃん。そろそろ蒸し物もできるから少し待っててね。にしても、アンタがまさか男連れでうちに来るとは思わなかったわー。いつも言い寄る男という男を袖にしまくってたのに」

「まあ、ふふ。女将さん、しーっです。恥ずかしゅうございます」

「あっはっは、女が見惚《みと》れるような顔すんじゃないよ！　結婚したくなるわ」

味山只人は今、ハッピーな状況にいた。

先日の探索。ホラーハウス、英雄モードになったバカとの英雄バカバトル。

トラブル続きの日常にも良い事は存在する。

ふと今日、目の前の超絶美女、ある夜に知り合った〝雨霧〟から食事に誘われたのだ。

「まあ、女将さん、お上手ですね。あら、味山さま、失礼を。ここのお酒はあめりやでも出しているもの美味しいものなんです。ヒロシマのサイジョウという所のお酒でして、すっきりとした辛口がお料理にとても合うんです」

雨霧が、とっくりを差し出してにっこり微笑む。

肩がわずかに覗《のぞ》くベージュのデザインニット。

上品な衣服の隙間から覗く素肌はもはや危険。

味山は必死に柔肌に目が吸い込まれないように努力する。

「あ、すみません。どうぞ、雨霧さんも」

味山が酌を返す。

「まあ、これは。ふふ、お座敷ではお酌するばかりなので、されるのは新鮮ですね」

味山の差し出したとっくり。

とくり、とくり、透明な酒が雨霧のおちょこを満たして。

「きっと、雨霧さんにお酌したい男はいくらでもいますよ」

「それは、味山さまも含まれていると思ってもよろしいのでしょうか？」

「うぉっふ」

雨霧の流し目がカウンターで味山に突き刺さる。

「あはははは、おにーさん、雨霧ちゃんにそういう口説きは無謀よー、でも安心しな、雨霧ちゃんがプライベートでここに連れてきた男は本当にあんたが初めてだから。脈ありかもよ」

「まじっすか、女将」

「マジよ、若人」

「くすくす、よかったです、女将さんと味山さま、馬が合うようで」

雨霧が静かに笑う。

「でも、味山さま、ふふ。先ほどから視線がたまに泳いでおられますが、何か気になる事でもございますか、わたくしに」

男の浅はかさを見通すような彼女の視線。

味山は身体の動きが止まってしまう。

一夜で数億が動くことも珍しくないバベル島の夜の街。

雨霧はその街の中で知らぬ人はいない夜の華、伝説レベルの存在だ。

彼女に一夜で7桁、8桁の金額を貢ぐ男もいるそうだが——。

「意地が悪いな、雨霧さん」

「まあ、ふふ、ごめんなさい、つい。ああ、そうだ、味山さま、先ほどのお話の続きを」

「ああ、いや鮫島《さめじま》っつーバカに聞いた話なんですけど、バベル島には七不思議があって、なんでもあの世と繫《つな》がってるTVとかもあるとか」

「まあ、それは……ふふ、味山さま。ありがとうございます」

必死に場を盛り上げようとする味山を、しずしず雨霧が見つめて。

「え？」

「貴方さまといると、確かに退屈いたしませんね」

「こっ」

柔らかく微笑む雨霧、そのほんわか笑顔の破壊力たるや。

「あら～雨霧ちゃん、このお兄さん、よほどお気に入りなのね。お兄さん、あんた何したのよ。この子、国のお偉いさんに言い寄られても指一本触れさせない子なのにさ」

「え、いや、うーん、水桶《みずおけ》に顔突っ込んで20分以上息止めたり？」

「え？」

味山の言葉に女将さんが首を傾《かし》げた。その時だった。

がららららら!!

無粋で粗雑な音、力任せに店のドアが開けられた。

「あ〜？　なんだぁ？　準備中って書いてあんのによ〜、客いんじゃねえか！　あ？」

「そうですねえ！　これさあ！　店としてさあ！　よくないいんじゃないの!?」

2人の男、顔は赤く、声は酒焼けしている。酔っ払いだ。そして厄介なことに――。

「あ、あらあら、ごめんなさいね、今日、貸し切りなんですよ、店のドアに張り紙があったはずだけど……」

「は？　そんなの見てないんですけど？」

「あのさあ！　俺たち、見ての通り、探索者な訳！　今日も命懸けで化け物をぶっ殺してきて、癒されに飲みにきてんのよ！　貸し切りとかそんなん知らねえよ！」

厄介なことに、探索者《バカ》だ。

半グレのアウトロー気取りがたまたま適性があって探索者になったタイプの。

「あ、ははは。でもねえ、探索者さんたち、うちはもともと一見さんの営業してないのよ、ごめんなさいね」

愛想笑いを浮かべ、女将がなるべく刺激しないように若い探索者たちをなだめて――。

「そんなの知るか!!　てかなんだ、このしみったれた店は!?　汚いババアにボロイ内装、しょぼい店のくせに何が貸し切りだ、オラ！」

ガシャン!!　男が近くにあった机に蹴りを入れる。

気に入らないことがあったガキのようだ。

「ちょ、ちょいと、乱暴はやめておくれよ……」

「酒！　じゃあ酒持ってきて！　あと女！　女な！　貸し切りとか言ったバツでーす！」

「あ、先輩それいいっすね！　女！　めっちゃ美人の！」

味山は、目を瞑《つぶ》る。嵐が過ぎ去るのを待つように。

普通にその探索者たちの体格が良かったり、タトゥーが入ったりしてるので少し怖い。

味山は凡人だ、正義感とか勇気とかはない。

この場で颯爽《さっそう》とヒーローのような真似《まね》は出来ない。

「味山さま……ごめんなさい、せっかくの時間でしたのに」

ひんやり。冷たい感覚が味山の手を包んだ、雨霧だ。

不安げに揺れる瞳で申し訳なさそうに味山を見つめて――。

「あー!?　先輩！　先輩、先輩先輩！　見て、やーばい！　これはマジでヤバいっすよ！

めっちゃ可愛《かわい》い！　クソ可愛い女いますよ！」

「あー？　てめ、これでブスかったら潰す――うお！　激美人じゃん！　やった！　お姉さん、お姉さんお姉さん！　飲も！　いっしょに飲もうや！」

酒臭さが一気に鼻につく。

2人の探索者がこっちに来てしまった。

「あ、あの、申し訳ございませんが、わたくしは、今、その……」

「うわ！　声もかわいい！　え、待って、めっちゃタイプだべ！　やば！　お姉さん、名前教えて！」

嫌そうな雨霧に無遠慮に唾を飛ばす若い探索者。

あっという間に彼らはテーブルにまとわりつく。

体は筋骨隆々、喧嘩《けんか》慣《な》れもしているらしい。

味山がそっとそれから目を逸《そ》らす。トラブルはごめんだ。

「あ、あの、ですから、わたくし、今、このお方と食事中でして、その」

「は？　おっさんじゃん！　いや、は？　なに？　俺らよりこのおっさんの方がいいって訳？　ありえなくね⁉」

「待って、待って先輩、俺、俺が話つけるっすわ。ね、お兄さん、ごめんなんだけど、ちょっと席外してくんない？　ここ、俺らが座るわ」

「……なに？」

「いや、なにじゃなくて、退《ど》いてって言ってんの。俺らもマジで暴力とかしたくないんだって。今日もさ、俺ら、灰ゴブリン、わかる？　怪物種、あれたくさん狩って血の気溜《た》まってんのよ。そこの先輩とか灰ゴブリン3匹も狩ってるしさ」

猿顔の探索者が誇らしげに語る。雨霧にアピールしているのだ。

視線はずっと雨霧《あめきり》、主に、彼女の顔、胸、肩、脚に無遠慮に、ぎらついて。

「だからさ、おっさん、バベル島で働いてる人っしょ？　お仕事お疲れっす、今日はもう帰りな？　お姉さんはきちんと俺と先輩が家まで送るから、マジで」

「いや、そういう訳には」

「は!?　なにごちゃごちゃ言ってんだよ！　オラ！」

いきなりキレた猿顔の探索者が味山《あじやま》の胸倉をつかむ。

「あ……乱暴はやめてください……味山さまにそんなことしないで……！」

「おっほ、泣きそうな顔も可愛いっ！　マジでタイプ。……あじやま？　ん？　どっかで聞いたような。まあいいや。おっさん、俺らキレたらマジで知らねーよ？　探索者ってさ、頭イカレてんのよ。だからマジで加減とかわかんなくてさ。消えろ、ほんとマジで」

雨霧の隣にいる金髪鼻ピアスの探索者がしっしと手を振る。

「怪我《けが》したくねえんならさっさと帰れっつってんだよ、おい！　ゴラ！　聞こえてんのか!?　あ!?」

口が、臭い。声がうるさい。

TIPS€　目標。探索者2名。〝耳《みみ》の大力《たいりき》〟を使用した場合、1秒で目の前の男の首をねじ切り、4秒で雨霧に触れようとしている探索者の手を右肩ごと引き抜けるぞ

——。


物騒な囁《ささや》きが聞こえる。

それは味山只人《ただひと》のみに聞こえる攻略のヒント。

殺すのはまずいだろうと、味山は聞き流す。

味山は凡人で、小市民だ。怪物には挑めても、ホラーや、ヤンチャ系の人間は苦手で
「てかお姉さん、美人でさらに胸もでかいね。ヤバいわ、マジで。あ、ニホン酒あるじゃん、一緒に飲も！」

「あ、あの、もう、あの。わたくし、あなたたちと同伴いたしますので、どうか、その方への乱暴はおよしに……」

「え⁉　マジで⁉　やめるやめる！　大石《おおいし》！　もうおっさんいじめるのやめたれｗｗ。お姉さんが俺らと一緒に飲みたいって！」

視界の先で、雨霧に絡んでいる男が雨霧の言葉ににんまりと笑う。

「まじすか！　やった！　女ゲット！　しかも超美人！　これ、今夜は寝られないパターンじゃん！　あ、おっさん、ごめんね。もう帰っていいよ」

味山の胸倉をつかんでいた猿顔の探索者の力が緩む。

雨霧に絡んでいる先輩の男の手が、彼女の華奢《きゃしゃ》な肩を抱こうと伸びる。

それらの光景がやけに、スローに見えて。

——ごめんなさい。

雨霧の唇がそう動いた。

まるでこちらを安心させるように、また微笑《ほほえ》んで。

「おし、やるか」

ごきん。

「え」

逆向きに90度。味山の胸倉をつかんでいた手の親指が曲がらない方向に曲がった。

「──あ、ゆあああああああああああああああああ!?」

「うるせえ」

味山が猿顔の男の親指を躊躇《ためら》いなくへし折った。

「は──？　おい、おい！　大石、どうした!?　おい！」

「い、あああああああああああ、俺の指、親指、お、折れてっ」

顔を真っ青にしながら、あとずさり。真っ赤に腫れた親指を震わせる猿顔。

「折れて？──おい！　おっさん、お前！　何してんだ!?」

金髪鼻ピアスの男がいきり立つ。

「うるさい、マジでうるさい。鼻にピアスをつけた奴《やつ》の大声は怖いから黙れ」

「せ、先輩、コイツ、マジでやりましょうや！　くそおお、いって、え？」

指を折られた男が、痛みを怒りによって上書き、また勢いよく唾を飛ばし。

「お前」

「え？」

ごん！

「雨霧さんの胸、見すぎ」

男の顔面を味山が思い切り拳を振り下ろして殴りつける。

ごんと床に鈍い音が響いた。

「いって～。人殴るのは慣れてねえんだよ、クソ。おい、店に迷惑かかる、外行こう、外」

「は？　お、おい、大石？　おい、お前、どした？　おい！」

「――」

猿顔の男は、答えない。頭を打ち白目をむいて気絶していた。

探索者はイカレている。

さきほど鼻ピアスが言っていた言葉だ。それはきっと間違いではないだろう。

ならば、この場所で最も探索者らしい人物は――。

「おーい、行くぞ。外、外、お店に迷惑かかるから」

「は――？」

ずりずる、ずる。味山が意識を失っている猿顔の男をそのまま引きずり始めていた。

「は？　は!?　お前、おい！　何してんだよ!?」

「え、だってコイツお店の中に置いたままはダメだろ。あ。お前が運ぶか？」

「何考えてんだ！　てめえ！　そいつ意識を失ってんだぞ！　頭揺らすなよ！　あぶねえだろうが」

「おお、その辺の知識はあんのか、まあ、いいから、ほら」

「だから！　てめ！　やめろって！　聞いてんのか！　このイカレ野郎が！」

「あ、味山さま！　危な――」

男が飛び出て、そのまま味山に向けて拳をふるう。

鈍い音、今度はまともに味山が顔面を殴られて。

「ゴラ！　てめえ！　どうだ！　調子に乗ってんじゃ――」

すぐに、男は違和感に気付く。

顔面を殴ったのに、味山はあとずさるどころか、一歩も動くこともなく。

「いってえなあ、クソが」

殴られたまま、味山の小さな黒目が、ぎょろりとその男を睨《にら》んで。

「え……」

ぱしっ。放たれた握り拳を味山がつかむ。

「お前」

「え」

「雨霧さんのうなじ、見すぎ」

TIPS€　〝耳《みみ》の大力《たいりき》〟発動

「弱めで――」

「は――あっっっっ、ぎ、やああああああああああああああああ！！？？」

めぎり。めぎめぎ。

枯れ枝が軋《きし》むような音、人体から発してはいけない音が男の腕から響く。

「外、出よう」

「い、あああああ、は、なせ、はなせっておい！　おい！　お前！　これ、音、ヤバいって！　マジで折れる！　折れるから！　ほんと！　わ、わかった！　わかったから、は、放して……っ！」

「あ、やべ、折れたか？」

ぱっと、味山が男の腕から手を放す。

よたよたとあとずさりして、鼻ピアスが床に尻餅をついた。

「い、いてえええ、お、折れ、折れたかじゃねえよ……！　お、お前、お前、なんなんだよ！　クソ！　イカレてんのか!?　誰だよ!?」

「味山只人だ」

「ほんとに誰だよっ!?　いや、あじやま……？……あじやまってまさか、坂田《さかた》さんと揉《も》めたっていう探索者と同じ、名前……」

鼻ピアスの男の顔色が一気に悪くなる。

イカレているとか自称していた割には非常に常識的な反応だ。

「坂田……？　懐かしい名前が出たな、おい」

「いっ!?　こ、こいつ、や、やばい……わ、悪かった、俺らが悪かったから、もう出るから、勘弁して……」

坂田、という名前が出た瞬間、そして目の前の男を〝味山只人〟と認識した途端に、金髪鼻ピアスの探索者が大人しくなり始めた。

「お？　んー……どうしたもんか、このまま組合にチクられてもめんどいんだよな……女将《おかみ》さん、どうする？」

「えっ！　わ、私かい!?　い、いや、お客さんに怪我がないんなら、こっちはもういいよ！」

「オッケー。半グレども。きちんと店に謝ってから、消えてくれ」

「す、すみませ、すみませんでした……もう、もうしませんから、ほんと……大石、行くぞ、起きろ！　おい！」

「う、うー、うー……」

よたよたと酔っ払いが店から去っていく。味山は、どや顔で鼻息を吐き。

「いかん、冷静に考えるとなんかやらかした気がしてきたな」

争いごとの興奮も割とすぐに冷める。

味山只人は8月に前チームのメンバーとトラブルを起こしている。

もし、また暴力沙汰が表に出れば……。

「あの、味山さま……」

「あ、雨霧さん、ごめんなさい、結局騒ぎにしてしまって。女将さんにも申し訳ないです……」

味山は頭を下げつつ、この後の身の振り方を考えて。

「味山さま……」

「何アタマ下げてんのよ！　お兄さん！　いや～お兄さんを見つめてる雨ちゃんの顔、見せたかったたねえ～！」

「も、もう、女将さん、何をおっしゃっているのですか、おやめになってください」

「うん？」

なんか、空気が思ったよりも良い感じ……？

いや、でもこのまま飲みを続行するわけには――。

「ふう、あ、味山さま……お怪我はございませんでしたか？」

ぎゅっと、雨霧が味山の元に駆け寄りその手を握る。

桃の香り、柔らかい手の感触。わずかに潤んだ瞳に、薄いピンクに染まった頬――。

「――よし、もういっかぁ!!　大丈夫です、雨霧さん、ご心配かけてすみません！」

「まあ、良かったです。ふふ、その、と、とても美しい姿でした。わたくし、胸が熱くて」

味山《あじやま》の手を取った雨霧《あめきり》が、勢い余って自らの胸元に引き寄せる。

あと少しで彼女の胸に触れてしまいそうなくらい、その距離は近くて。

「あっ」

「……まあ、あの、その、ごめんなさい……つい、近すぎました、ね」

顔を真っ赤にした雨霧が、困ったように笑い味山の手を放す。

おそる、おそる、視線を味山に向けて。

「ふふっ」

べっ、と小さく桃色の舌をのぞかせた。

「ぐっっう」

だめだ、結婚したくなる。

味山は反射的に自分の頬の内側の肉を噛《か》んで耐え、次の言葉を。

「あ、はは、すみません、セクハラになっちまいますね！　の、飲み直しますか！　あ、女将さん！　またニホン酒と、なんかつまめるもの頼めます？」

「うーん？　そうねえ……お兄さんはこう言ってるけど、雨ちゃんはどうする？」

味山の呼びかけに、女将さんは意外にもすぐに答えてくれなかった。

ちらりと雨霧の方を見て。

「あ、あの……味山さま」

「はい」

雨霧がその鴉羽《からすば》のような美しい髪を何度も何度も手櫛《てぐし》で整えながら。

「そ、の。わたくし、味山さまのお話がもっと聞きとうございまして……先ほどのようなことがまた起きないとも限りません、お、お嫌でなければ、わたくしの家で飲み直しませんか？」

頬を染め、ちらりとこちらを上目遣いで見てくる。

メガネと泣きぼくろの組み合わせは威力が高すぎる。

「……ＷＡＴＡＫＵＳＩＮＯＩＥ？」

なんだろう、そういう店があるのだろうか。あるとしたら何系の店なのだろう、ＷＡＴＡＫＵＳＩＮＯＩＥ、どことなく創作居酒屋の感じがしなくもないが――。

「は、はい、も、もちろんその、下心があるとかそういうのでは……そ、れに同居人も実は前から味山さまを存じておりまして、彼女たちもきっと味山さまにお会いしたいと思いますし……その、やはり、ダメでしょうか……」

もじもじと雨霧が、うつむく。

ＷＡＴＡＫＵＳＩＮＯＩＥ、同居人。味山の脳みそが、ある答えにたどり着く。

もしかして、これ、家飲みに誘われている……？

「あ……ご、めんなさい、こんな急なお誘い、やはり、お嫌ですよね……」

いつまで経《た》っても固まったままのバカに対し、雨霧が声を震わせて、小さく笑って――。

「――行きましょう。お供させてください」

90度に腰を曲げて最敬礼。身体《からだ》が反射的に動いた。

「まあ、ほんとですか！　ふふ、ではわたくし、少し同居人に連絡をして――」

「うん？」

prrrrr。prrrrrr。

鳴り響く探索者端末、嫌な予感が胸をよぎる。味山が端末の着信表示を確認する。

「うわ」

【アレタ・アシュフィールド】

飲みの最中の上司からの着信。これほど人間を苦しめるイベントはない。

「味山さま？　いかがなさいましたか？」

「あー、いや、その、上司から連絡が来てて。すみません、少し出てもいいですか？」

「まあ、上司……ふふ、愛されておいでですね、味山さま」

「いや～それはないっすね～、じゃあ、すみません。出ます」

意を決して、味山が着信に応じた。

「あ、もしもし……味山ですぅ……」

恐る恐る、電話口に向けて。

『……ハァイ、タダヒト。こんばんは。ごめんなさい、電話大丈夫？』

「あー、ごめん、今ちょっと取り込み中で。急ぎじゃなかったら、後で、いや、明日掛け直すよ」

『明日……？　タダヒト、今、どこにいるの？』

まずい。なんか、電話口の向こうの声が１オクターブ低くなった気がする。

だが、こういう時は逆に強気で、そして堂々とするのが肝要だ。

「繁華街です！」

『誰と？』

「友達と！」

「まあ、うふふ」

男、味山。腹に力を入れて電話口に向けて元気よく叫ぶ。

雨霧の名前を出さなかったのは、わずかな理知がそうさせて。

「『ふ――――ん。そっ。知らなかったわ、タダヒト』」

「うん？」

なんか、声が、二重に聞こえて。

がららッ。

「知らなかったわ。いつからミス雨霧と友達になったの？　水臭いわね、あたしにも紹介してくれないかしら。超有名人だもの、彼女」

「ＯＨ……」

開かれた扉の外には、彼女がいた。

金色のウルフカット、手のひらに収まるような小さな顔、長い手脚、そして人を魅了するハイライトの薄い蒼《あお》い瞳。

味山只人《ただひと》の上司だ。

「まあ、アレタ・アシュフィールドさま、これは、これは……」

「いい夜ね、ミス雨霧。久しぶり。でもごめんなさい、そろそろ彼は門限の時間よ」

「え、俺、門限あんの？」

「あるに決まってるわよ？」

決まっているのか、そうか。

知らなかった、と味山が口をぽかんと開けて。

「クスクス、知りませんでした。味山さまには門限があったのですね。ふふ、これからわたくしのお家にお招きしようとしていたのですが……」

「それは残念ね、また別の機会にしましょう。タダヒトは明日、早いの」

「え、明日ってオフじゃなかったっけ？」

「本当ならね。隠すようなことじゃないから言うけど、探索者組合から指定探索者、ないしは強力な上級探索者全てに招集令が出たわ」

「招集？」

「ええ、〝指名依頼〟よ。緊急のね」

「――」

仕事の気配に元限界ブラックサラリーマン時代のスイッチが入る。

「まあ、ふふ……味山さま、良くないお顔ですね……あまりそのようなものを見せられると……」

「——あ、その顔……」

味山の顔を2人の美人が、ぼーっと見つめる。

店の女将さんだけが、こいつら、趣味悪ぅ……とばかりに真顔で固まっていた。

「こ、こほん！　とにかくタダヒト、悪いのだけど今日のたのしい時間はお開き。ミス雨霧もごめんなさい。あたしの補佐探索者はここで帰らせるわ」

アレタが雨霧に向かい合い、そう告げて。

「ええ、そういう事なら。探索者様のお仕事は理解していますので」

「あ、あら、そう？　理解があって助かるわ——」

なぜか、どこかほっとした様子のアレタ。

そんな彼女の隣をすうっと雨霧が通りすぎ、味山の傍《そば》にそっと。

「味山さま、次回もまた楽しみにしておりますね。同居人も、ぜひお会いしたいと申しておりますので」

「あ～、ほんと申し訳ないです、雨霧さん。この借りはきちんと返しますから」

「ふふ、じゃあ、約束ですよ、はい、指切った、です」

「うお、っふ。は、はい」

桃の香りとその声色で脳がとろけそうになるのを気合いで耐え、味山が敬礼する。

その様子をアレタの蒼い瞳がじっと見つめて。

「……ミス雨霧、これは親切な忠告のつもりだけど、タダヒトはあなたの御客《おきゃく》さんにするにはお財布が心もとないわよ」

「まあ、アシュフィールド様。お気遣いありがとうございます。ふふ、でも、そう、味山さまが仰《おっしゃ》るには、わたくしは友人だそうなので。友情にお財布の事情は関係ないかと」

「あら、そう、そうね。友情、それ以上でもそれ以下でもないものね」

「くすくす、あら、さてどうでしょう。わたくし、男女の友情というものに甚だ疑問を感じている次第でして……そんなもの本当に有り得るのでしょうか」

「へえ。そこだけは気が合うわね、同感だわ」

「ええ、それは良かったです。ふふ」

顔の良い美人2人が朗らかに会話している。

美しい光景、どうしてか味山の指先は震えていた。

「さ、タダヒト、行きましょ」

「お？　あ〜、いやでも帰るにしても雨霧さんをほうっておくわけにはいかんだろ。この時間だ、さっきみたいに酔っ払いのバカに絡まれるかもだし」

「さっき？」

「あ、やべ」

「タダヒト、あなたまさか、またトラブルを起こしたの？」

「あー、その、はい。やりました」

「その件はわたくしに原因があります。味山さまを責めるのはおよしくださいませ」

「あなたに……？　ああ、うん、もうだいたいわかったわ。タダヒト」

「はい」

やばい、また怒られる。味山がぎゅっと目を瞑《つぶ》り。

「よくやった」

「え……？」

投げかけられた言葉は予想していないものだった。

「おおかたミス雨霧に絡んできた人をいつもの容赦のないやり方で追い返したとかでしょ？　大丈夫、部下の勇気ある行動の後始末なんて上司の仕事として光栄だわ」

「やだ、かっこいい……」

思わず味山がトゥンクと心臓を跳ねさせる。

その様子を次は雨霧の琥珀《こはく》色の瞳がしっとりと見つめ。

「……本当に仲がよろしいのですね」

「あ、あら。そう見えるの。ふ、ふーん……まあ、別にどう見られても構わないのだけれど」

雨霧の言葉にアレタが金の髪をくしくしと弄《いじ》り始める。それと裏腹に雨霧は笑顔のまま。

「味山《あじやま》さま、今日はここでお開きに。ですが、きっとまたお誘いしますので」

「雨霧《あめきり》さん、すみません、ほんと。今度は僕から誘うんでまたメシ、じゃない、食事に行きましょう、女将《おかみ》さんもお騒がせしました」

「いーのよー気にしないで、それよりお兄さん」

「はい？」

手招きする女将さん、味山がカウンターに身を寄せて。

「あんた……その、刺されないようにね……鈍感系とかほんと流行《はや》らないわよ」

「あ？　あ～……いやいや、ないない、ないっすよ。だって俺ですよ？　今までモテた事も彼女ができたこともねーのに。あんな美人が俺にガチになるわけないでしょ。現実はそんな甘くねーっすよ」

けらけらと笑う味山、女将さんはなぜかふっと優しい目になって無言で首を振った。

「タダヒトー、そろそろ行くわよ。ごめんね、ミス雨霧。彼、連れていくわ」

「ええ、アシュフィールド様、構いませんよ、またわたくしの元に味山さまはお越しくださいますので、ね？　味山さま」

朗らかに微笑《ほほえ》みあう美人2人。

悪くない雰囲気のはずなのに、非常に居心地はよろしくない。

「え、あ、はい、また誘いますね」

「そうなの？　タダヒト、またミス雨霧と遊ぶの？」

「え、あ、うん。え……、待って、待って。なにアシュフィールドくんその目は、良くないよ、非常に良くないよ、君さあ、不機嫌スイッチが見えないくせに多いよ、大人でしょ？　良くないよそういうのはさー」

味山が妙に無表情なアレタの後をついていく。

一歩外へ。

扉の外から流れ込んでくる夜の空気、火照った身体に気持ちいい。

「味山さま」

「え？」

背後、まだ店内にいる雨霧の声に振り向いて。

「行ってらっしゃいませ、またこのお店で美味《おい》しいお酒を楽しめる時を楽しみにしておりますね」

「はい！　絶対に！」

元気よく手を振る味山に、雨霧もまた小さく手を振り返す。

照れか、酒か、少し赤くなった頬に緩んだ雨霧の笑顔。なんだあの可愛《かわい》い生き物。

「よし、行くか」

気合いを入れて店に背を向け、味山は夜のバベル島に踏み出す。

3歩先で空を見上げてこちらを待つアレタの元へ近づいて。

「悪い、アシュフィールド、待たせた」

不機嫌になっている事を覚悟し、声をかける、さてどうやって場を和ませるか。

「……タダヒト、怒ってない？」

くるり、振り返ったアレタの顔。街灯が照らす表情。

店内で見せていた、ぎすぎすオーラは今やなく。

飼い主の機嫌を窺《うかが》う柴犬《しばいぬ》のような顔でこちらを見てくる。

「……急にしおらしくなるのはずるいだろ、お前」

味山は頭を掻《か》きつつ、今度はしょんぼり柴犬のメンタルをどうすべきかを考え始めた。

今回の仕事はつまり、こんな風に始まった。

◇◇◇◇

「いや～面白い男だったわね～雨霧ちゃん。まあ、土壇場でしっかりしてんのはいいわ。アンタが気に入るのも少しわかるかも」

味山たちが去った後の店内、飲み直し始めた雨霧と女将さんが言葉を交わしあう。

「まあ、気に入るだなんてそんな恐れ多い。あのお方は52番目の星、アレタ・アシュフィールド様のお気に入りですもの」

「あ～、やっぱあれがアレタ・アシュフィールドさんねえ。アタシでも名前を知ってるよ。なんでもすごい探索者で――」

「女将さん」

女将さんの言葉を、雨霧がそっと遮って。

「ん？　なんだい、雨霧ちゃん」

「――すでにあの方たちは店を完全に離れたようです。もう十分ですよ」

雨霧が小さく呟《つぶや》く。

ラジオで流れる昭和歌謡、それがぷつりと止まって。

「――知道了《了解いたしました》」

ふっと、女将さん、そう呼ばれていた壮年女性の、にこにこ顔が消える。

そこにはもうなんの表情もない。

そして、雨霧もまたゆっくりと眼鏡をはずして。

「芯妍《シンイー》第七局員。ご苦労様でした。所轄を超えての協力感謝いたします」

無辜の女性から雨桐《工作員》へと切り替わる。

「もったいないお言葉です。雨桐《ユートン》様。……して、あれがかの王大校《ワンたいさ》が現在マークしている探索者ですか」

話し方、雰囲気。女将さん。

ついさっきまでそう呼ばれていた人物にもはやその面影はまるでない。

人の好《よ》い世話好きのおばちゃんの顔に怜悧《れいり》な機械のような表情のみが残る。

「ええ、本国はまだ彼の価値には気づいていないようですが……〝神秘の残り滓《かす》〟に適応した可能性のある人物です。王大校はかの御仁にかなり入れ込んでいるようで……」

「王大校……まさか〝九千坊〟ですか？……あれはしかし、神秘性があまりにも高く、その、暴走の危険性から本国の仙人計画から外されていたはずですが」

大陸国家。

世界の中心で栄えることを国家の悲願として存在する３０００年の歴史を持つ大国。

世界各国の思惑が交差する〝バベル島〟に、かの国も根を張り巡らせている。

この２人はその根元を同じくする者同士。

「ええ、ですので王大校がご自身の趣味でバベル島に持ち込んでいたのですよ。あのお方にも困ったものです」

「まさか、いえ、でも王大校ならありえますか……しかし、神秘の残り滓をどのような方法で定着させたのでしょうか？　あれは本国の研究機関も適応を諦めたはずですが」

シンイーの何気ない問いかけに、雨桐は薄く微笑むだけ。

「ふふ、それは秘密、です」

「……貴女様《あなたさま》にそう言われては情報部としてもお手上げですね」

しーっと人差し指を口元にかざす雨桐。シンイーは無表情のままため息をつく。

「ふふ、芯妍第七局員にはご面倒をおかけします。またあの方と共に、このお店にはよく来ることになるでしょうから」

「……貴女様もお人が悪い。男であるのなら、いえ人である以上貴女に狂わされない者はいないでしょう」

「ふふ、案外、そうとも限らないかも。あの方は、1人で完成されている方ですから」

「完成……？」

「たまにいらっしゃるのですよ。根本的に他人を必要としない人間。他者に補完されずとも人生を進めることの出来る変わった方が。味山只人《ただひと》は間違いなくそれです。ふふふふふ、……本当に厄介な監視対象です」

シンイーは表情を固めたまま、ただ雨桐の顔から眼《め》が離せない。その顔があまりにも――。

「さて、それではそろそろお暇《いとま》いたしますね。あのお方たちに日付が変わる前には帰るように言われておりましたので」

「あ、ああ。承知いたしました。……雨桐様、先ほどの探索者たち。どうやら現在、この店の周りに身を潜めているようですが……いかがいたしますか？」

「そうですね、拘束したのち、大陸街の大使館の地下で記憶洗浄の処理を。命まで取る必要もないでしょう」

「承知いたしました。少々お待ちを」

言いながらシンイーが端末を取り出し、ぼそぼそとそれに言葉を告げる。

「……お待たせしました、雨桐様。関係者と思《おぼ》しき人物全員の制圧完了。直ちに移送したのち、記憶洗浄を始めます」

「ええ、手間をかけます。ああ、そうだ。先ほどの52番目の星の言っていた件は――」

「〝例の依頼〟ですね。はい、予定通りであるなら、本国もまた探索者組合に同調する流れになるかと。先日のUEの失敗が各国の足並みをそろえさせたのでしょうね。本国も、指定探索者の投入を決定したようです」

「まあ、それはそれは。ふふ」

「何か問題が？」

「いえ、ただ面白そうだなあと。おそらくアルファチームもまた渦中に巻き込まれるのでしょう？　味山只人の探索を間近で見られるのは少し、本国の探索者が羨ましくなりまして」

妖艶に、かつ無邪気に雨桐が笑う。

「……雨桐様、ひとつ、お伺いしても？」

「はい、どうぞ」

「……さきほど、その、味山只人をご自宅にお誘いしていましたが……あれは、監視故の駆け引きでしょうか？　正直、監視対象にあそこまで接近する理由を推察することが……」

「あら、ふふ。困りました、気づかれてしまいましたか、うーんそうですね」

振り向いた雨桐、彼女はしかし、全く困ってなさそうな微笑みを浮かべて。

「秘密、ということでどうか、よしなに」

「……」

音もなく、雨桐が店を出た。

シンイーはあの男に同情し、同時にふと考える。

美によって国や歴史を動かした、傾国と呼ばれた美姫《びき》たちのことを。

「――きっとみんな、貴女のように笑うのでしょうね」

薄い桃の香りはいつしか夢のように消えていた。

第1話■【新たなる依頼】

探索者組合本部の一室、貸し切りにされた広い応接室。

高級な調度品に、ふかふかのカーペットが敷かれたシックな部屋。

「ほう、お前たちのほうが早かったか。感心なものだ。アレタ、最近お前は待ち合わせに遅れなくなったな」

「だって、アリーシャ怒るんだもの、あたしがちょっと待ち合わせに遅れるだけでげんこつするんだもの」

「お前のちょっとは遅すぎる、そもそもお前の遅刻は、待ち合わせの時間になったタイミングで、今起きた、とかだろうが」

軽口を叩《たた》き合う外国人の美人2名が向き合っていた。

海外ドラマのワンシーンみたいだ、味山《あじやま》は呑気《のんき》に思う。

アレタと言葉を交わす褐色のエキゾチックな美人。

〝アリーシャ・ブルームーン〟。〝アルファチーム〟の専任サポーターだ。

指定探索者が所属する〝公認チーム〟には彼女のようなサポーターと呼ばれる後方支援役が国から派遣され、探索者組合との橋渡し役となっている。

スラリとした長身に腰にかかる長い黒髪、アレタの白い肌と対照的に、彼女の肌は美しい褐色をしている。

「ふう、まあいい、今回は定刻通りに来たんだ。小言もこれくらいにしておこう。ああ、味山君、久しぶりだね。君も夜遅くに申し訳ない限りだ。元気にやっているかい？」

ダークブルーのサスペンダー付きスラックスにワイシャツ姿のアリーシャは映える。

「こんばんは、おかげさまでなんとかやってます。ブルームーンさんもお元気そうで何よりです」

「ふふ、アリーシャで良いと前から言っているだろう？　この小娘に苦労させられてる者同士、遠慮はいらんよ」

アリーシャが味山へと近づく。少しアレタと似ている切れ長の瞳が怪しく歪《ゆが》んだ。

「ちょっと、アリーシャ。あたしの補佐探索者にちょっかいかけるのはやめてよね。そんなだからすぐ男にフラれるのよ」

「おや、アレタ、珍しいな。お前が個人に執着するなど。別にいいじゃないか、なあ味山君、今、恋人はいないのだろう？」

「へ、へえ、いないです。あはは」

ずずいと、アリーシャが味山へと迫る。

味山よりも頭一つ身長の高いスタイルはなかなか迫力がある。

「そうか、なかなかキミの周りの女は見る目がないな。探索者でありながら常識を持ったままの人間というのは貴重なのに。時に味山君、キミは身長の高い女は嫌いか？」

「褒めすぎっすよ。えっと、そうですね、カッコいいと思いますけど」

近い、濃いバニラの香り。なんかエロい匂いだ。

「そうか、味山君、どうだろう。仕事の話が終わったら少し時間はあるか？　夜更け以降も営業している良い店を見つけたんだ。年齢も近いことだし、一緒にどうだろうか？」

「良い店……ブルームーンさんがそう言うんなら高いんでしょ？」

「なに、こう見えても稼いでいる。お金のことは心配しなくていい」

やだ、カッコいい。味山は金持ちに弱い。

「タダヒト？」

「はい、すみません、調子に乗りました」

刺すような視線と短い言葉に反射的に頭を下げる。

しみ込んだ小市民気質はもう消えない。

「アリーシャもあまりタダヒトをからかわないで。タダヒトはあまりモテないからそういう冗談は通じないの」

「ははは、アレタ。冗談じゃないと言ったらどうなるんだ？　ん？」

心底愉快だと言わんばかりにアリーシャが挑発的に首を傾《かし》げる。

肉食の獣がゆらりと体を動かすように。

「笑えないわ。アリーシャ」

アレタの端整な顔から表情が抜け落ちる。

味山はそれが自分にむけられたものでないのに、下腹がひゅんとなる。

「はっ、女の顔をするようになったな。アレタ」

しかしアリーシャは意に介する様子もない。

エキゾチックな美貌に挑発的な笑みをはりつけた返事。

雌のライオンと雌の虎のケンカみてえだ。

味山は決して言えない感想を喉の奥にしまい込む。

頼む、早く誰か来てくれと願って――。

がらり。

「すまない、少し遅くなってしまったよ。ソフィ・M・クラーク、並びに補佐探索者のグレン・ウォーカー、今到着した」

「失礼しまーすっす」

神はいた。

赤い髪に真っ白な肌の小柄な美少女と、灰色髪の褐色イケメンマッチョの2人組が部屋に。

「信じてたぜ。クラーク、グレン」

「お、おう。どうしたんだい、アジヤマ。いきなりテンションがめんどくさいぞ」

「あー……センセ、たぶんあの2人が原因じゃないんすか？　あのメンチ斬り合ってるレディ2人……」

グレンの指さした先に、無言でにらみ合う美女が2人。

そして助けを求めて、ぱちぱち下手なウインクを続ける味山。

「ふむ、ワタシの知るレディという存在は少なくともこの部屋には見当たらないね……グレン、どうやら取り込み中らしい。もう少し時間をおいてからまた来るとしようか」

「ういっす。そういや組合の酒場に新しいスイーツがでてましたよ、美食《びしょく》倶楽部《くらぶ》とのコラボ商品でチョコ系の奴《やつ》」

「むっ、それは聞き捨てならないな。調査の必要がありそうだ」

くるりと見事な反転をかます指定探索者と上級探索者。判断が早い。

「まあまあ、せっかく来たんだから、ここにいましょうや。クラーク先生にグレン君逃がさん。絶対に。

味山が瞬時に出口に先回りし、ゆっくりと確実に扉を閉める。

その雰囲気には指定探索者や上級探索者をもってして何も言わせない迫力があった。

「いやいや、タダ。ほら、お前の仕事っすよ。アレタさんとアリーシャさんが待ってるっすから」

「いやいやいや、グレン。これはチームの問題だろ。ほら、クラークもソファに座っててくれよ。紅茶淹《い》れるから」

「いやいやいやいや、アジヤマ。ワタシは、ほら、こう見えても緑茶派でね、お気持ちだけで十分さ」

「うるせえ！　探索の時に目にちっちゃな望遠鏡みたいなのつける奴が緑茶派なわけないだろうが！　紅茶飲めよ！」

「あれは戦闘用の義眼だ！　なんだその偏見は！　教官とアレタのいさかいなんてマジメに付き合っていられるものかよ！」

無言でにらみ合う長身の女2人、そして部屋を出ていこうとする指定探索者と上級探索者、それを引き留める凡人探索者。

厳かに依頼内容を打ち合わせするための部屋はなかなかに、カオスだった。

◇◇◇◇

「ごほん、全員楽にしてくれ。今日は急な呼び出しにもかかわらずよく集まってくれた」

結局あれから、15分ほどしてようやく部屋は落ち着いた。全員がソファに座っている。

「ええ、気にしないでいいわ。アリーシャの招集を無視したらどんな目にあうかわかったものじゃないもの」

アレタが長い脚を組みかえながら軽口をたたく。

白いシャツとカーキ色のパンツのシンプルなスタイルが嫌みなほどに似合っている。

「こら、アレタ。あまり教官を刺激するな」

「はーい、わかったわよ」

「お前たちがチームとして機能しているようでなによりだ。さていきなりだが本題に入ろう。――本日付でお前たち、〝アルファチーム〟に探索者組合より指名依頼が発行された」

空気が変わる。

アレタが組んでいた長い脚を静かに戻し、グレンは体重をやや前に、ソフィはじっとモニターを見つめて。

「依頼主はいつもの〝探索者組合〟。仕事内容は〝行方不明探索者〟の捜索、だが正直に言おう。今回の依頼は事実上、合同形式の大規模依頼となる」

「合同……？」

「ああ、探索者組合がこの依頼を発行したのはアルファチームだけではない。各国の指定探索者を含む実力上位のチーム、並びに国連軍のダンジョン攻略部隊も多数が参加する」

「きな臭いわ」

「きな臭いね」

「きな臭いっす」

「え、なんで？」

味山が首を傾げる。

「アジヤマ、よく考えてみたまえよ。たった1人の探索者に対して各国の指定探索者に、国連直下の攻略部隊の動員だって？　教官、ダンジョンで戦争でも始めるつもりかい？」

「おお、言われてみれば確かに……」

「ソフィ、少し手加減しろ。隠すことでもないから伝えよう。――行方不明探索者、〝トオヤマナルヒト〟には未登録遺物保持者の疑いがかけられている」

「ほうら、やっぱり、そんな事だと思ったよ」

「未登録……遺物？」

聞きなれない言葉、そして聞き覚えのある名前だ。

「ああ、そういえばタダヒトは上級探索者向けの講座、受けてないわよね。簡単に言えば、探索者組合が把握していない〝遺物〟のことよ、基本的に探索者には遺物を取得したのちそれを組合に報告する義務があるのだけど、たまにそれを破る者もいるの」

「おー……なんで？」

「それは――」

「味山君、遺物についての講義はその辺で。希望があればのちほど2人きりで教えよう。話を戻そう、アルファチーム、今更隠すことでもない。今回の任務はつまり、トオヤマナルヒトの捜索にかこつけ、彼のロスト地点、もしくは遺体を捜す、いや、ストレートに言えば――」

アリーシャが、ふっと息継ぎをして。

「ダンジョンを舞台にした各国による〝遺物収集戦争〟だ」

「戦争……言い切るわね、アリーシャ」

「つまらん言葉遊びも趣味ではない、先日のUE主導の〝耳の怪物討伐戦〟の失敗により、UE加盟国は2つの號級《ごうきゅう》遺物を喪失した。連中は一刻も早く遺物の補充に走るだろう、だが、そうすれば――」

「他国が黙っちゃいない、てことかい、教官」

「ああ。〝大陸国家〟や〝連邦〟はUE連盟を仮想敵国として扱っている。UEの遺物の補充を妨害するだろう。ダンジョンを舞台に、遺物を巡っての探索者同士の戦闘……なんて事態を防ぐために探索者組合は〝依頼〟という形で今回の件を処理したわけだ」

「ふうん、水面下での戦闘を防ぐためってわけ？」

「ああ。そして我々〝合衆国〟は〝大陸国家〟や〝連邦〟にこれ以上の遺物を揃《そろ》えさせるべきではないと判断した。ルールに則《のっと》って清く正しく、よーいどんでトオヤマナルヒトが保有していたはずの遺物回収の競争、というのが正直なところだ」

「待って、アリーシャ。その遺物は各国にそこまでさせるものなわけ？」

「ごもっともだ。モニターを見てくれ」

ピコン。モニターが切り替わる。

「……へえ、やるわね」

ドローンで空撮された映像。

怪物の群れに囲まれた1人の男、ノイズのかかった映像でそれしかわからない。

突如、男を囲んでいた怪物が一斉に苦しみ始め、倒れた。

男は何もしていない。ただ、立っているだけ。

それだけで10は下らない怪物種がもがき、血を吐き、流し、やがてぴくりとも動かなくなった。

「映像を解析してもなんの説明もつかない、わかっているのは映っているのがトオヤマナルヒトということだけだ。映像を確認した探索者組合はこの現象を遺物現象と断定。トオヤマナルヒトを未登録の遺物所持者と判断した。まあ、査問の前に当の本人が消えてしまったわけだがな」

「よくわからないのは全部、遺物の仕業……ね」

アレタが背もたれに身体《からだ》を預けため息をつく。

「次に起きる世界戦争の勝利者はバベルの大穴からより多くの〝遺物〟を取得していた国である、と本気で考えている連中は多い。この時代にとって遺物とはそれほどまでに重要なものだ」

「それだけじゃないだろう？　教官殿？」

ソフィの言葉にアリーシャが一息つく。

「……はあ。お前はやりにくいな。ソフィ。……その通りだ。トオヤマナルヒトの遺物が、病を司《つかさど》る遺物、世界を変えかねない〝ゲームチェンジャー〟のひとつではないかという懸念がある。……もし、そうなのであれば我々はなんとしてもこの遺物を回収せねばならない」

「〝ゲームチェンジャー〟？　アレタの〝ストームルーラー〟クラスの遺物であると言いたいわけかい？」

「可能性の話だ。さて、説明は以上だ。任務の開始は明後日《あさって》。場所はバベルの大穴第二階層、〝大草原〟地帯。ああ、言い忘れていた。任務当日、アルファチームには心強い援軍を用意している」

「援軍？」

「ああ、〝シエラチーム〟、探索者組合、合衆国支部の実戦部隊がお前たちの探索を補佐する」

「へえ、彼らが。ＯＫ、わかったわ。……でもその前に結論から。今回の依頼、これはあたしだけで受ける」

「なに？」

「あ、アレタ？　何を言ってるんだい？」

「え、ちょ、どういうことっすか？」

唐突に放たれたアレタの言葉。その場にいる味山《あじやま》以外の全員が呆気《あっけ》にとられる。

「……はあ」

味山だけがため息をついて。

「トオヤマナルヒト。名前をどこかで聞いたことあるわ、アリーシャ、彼についてまだ説明してないことあるわよね」

アレタの言葉にアリーシャが口元に手をやり、小さくうなずいた。

「……捜索対象者は、アルファチームが本来受けるはずの依頼において、ＳＩＡ《探索中行方不明》判定を受けた」

いやな予感は的中。

先日の事件。

あのセーフハウスでの一件や大草原でのトラブルによりアルファチームはしばらく依頼を受けることはしなかった。

空いた仕事の穴はもちろん、他の探索者によってうめられるのだが――。

「あたしのせいね」

アレタの瞳、ハイライトのない目がどんどん昏《くら》く。

味山はこれを英雄スイッチと呼んでいる。

アレタの悪癖、自己犠牲と自責思考とメサイアコンプの合併症だ。

「お、おい、アレタ、君、まさか……」

「この依頼はあたしだけで受ける。これはあたしの責任だから」

英雄病《メサイア・コンプレックス》、発症。

「遺物収集戦争？　そんなきな臭いものにあたしの仲間は関わらせない。全部、あたしだけで決着をつける。シンプルに行くわ。他の国の指定探索者にも邪魔させない」

きっと彼女であれば、それが出来てしまうのだろう。

天体活動を跪《ひざまず》かせ、人類の位階を引き上げた現代最強の異能たる彼女であるならば。

「そもそもあたしが仕事に穴を開けなければトオヤマナルヒトはこの状況に陥っていない、つまりこれはあたしの仕事よ」

「……」

誰もが、英雄の圧に口を噤《つぐ》む。歴史に残る人間とはつまり、そんな存在で――。

「話はこれで終わり。後で端末に依頼の補足情報を送って――」


ピロン。

《参加フォーマットの電子署名を受理。続けて遺書のデータ送信ページへどうぞ》
味山只人《ただひと》のスマホ型の探索者端末から電子音声が鳴った。

「は？」

アレタが目を開いて――。

「お～、わりィ、アシュフィールド。今、組合の依頼参加フォーマットに送信しちまったよ。これ後から取り消すの超めんどくせえからよ～、よろしくな」

味山が英雄に向け、へらへら笑う。

「え、ちょ、あなた、何を……？　え、今、あたし、言ったわよね？　1人でやるって」

はっきりと動揺し始めるアレタ。そして。

ピポン、ピポン。

また電子音が2つ。

「悪いね、アレタ。ワタシもすでに参加を終わらせてしまったよ。ふむ、困った。今更依頼から手を引けと言われてもねえ」

「申し訳ないっす、アレタさん。これ、参加送信した後に取り消すと、評価査定に響くんすよ～、今年の探索者表彰狙ってるんで、シャス」

バカは感染する。味山と似たような顔でソフィとグレンがへらへらと。

「え？　え？」

英雄の顔から一転、困惑する柴犬《しばいぬ》のようにアレタがぷるぷる震え始めて。

「ふっ、はははははは！　これは良い、アレタ、お前がそんな顔になるとはな。ああ、確かにアルファチーム3名の依頼参加を受領した」

手元のタブレットを眺め、アリーシャが笑う。

「さて、52番目の星、お前のチームはお前を独りにする気はないそうだが？」

アレタがぶんぶんと首を振って周囲を確認。

味山もソフィもグレンもへらへらしたまま、すっと目を逸《そ》らす。

「――っ!!　もう！　みんな、バカ！」

ピポン。アレタの探索者端末が鳴る。

「では決定だな。出発は明後日。ほかの詳細は端末に送る、ああ、アレタとソフィ、この後少し時間をもらえるか？――同窓会の相談だ」

「――了解」

「――ああ、教官殿、懐かしの軍時代のお話でも聞けるのかな？」

アレタとソフィは少し残るようだ。

でも、ミーティングはこれで終わりらしい。

家に帰って寝るか、そうだ、今夜のことを雨霧《あめきり》さんに謝っておかないと。

味山が今後のことをあれこれ考えていた、その時。

「タダ。この後なんか用事あるっすか？　タツキと港で夜釣りしに行くんすけど、一緒に行かかね？　なんかイカとかアジとか釣ってその場で捌《さば》いて食べるって……」

「お前それ最高の夜更かしじゃん、行くわ」

味山は夏休みの小学生くらい娯楽に弱い。秒で夜の予定が決まった。

「でも、捌くって生でいくんすかね……その、ニホン人は正気なんすか？」

「まあ、不安だったら天ぷらにしよう、天ぷら」

「あ、それいいっすね！　ニホン人が作る天ぷらとか勝ち確じゃないすか」

ばたり。

ドアが閉まる。

バカ2人の足音が離れていくのを確認してからアレタがドアから離れた。

「アリーシャ、同窓会の相談って、少し嘘《うそ》が下手すぎない？」

「教官、こんな言い方はしたくないが、内緒の話がしたければもっと、クールに言葉を選んでくれ」

アレタとソフィがじとりとした目で、アリーシャを見つめる。

眉間に手を当てながら、アリーシャが唸《うな》る。

「ああ、悪かったよ。今のは我ながら呆《あき》れた。腹芸の類は苦手なんだ。勘弁してくれ」

「で、そんな腹芸の苦手な教官殿がそうまでしてあたしたちにしたい話って何かしら？」

アレタが、んーと背伸びしながらつぶやく。

「お前たちにとって重要な話だ、アルファチームの存在意義に関わる、な」

「へえ……」

「で、その話というのは？」

ソフィの問いかけに、アリーシャが出入り口の方を確認し、口を開いた。

「味山只人と耳の怪物の話について、だ」

◇◇◇◇

「あー、疲れた……寝よ」

天ぷらしたり夜の海に飛び込んだり十分に夜釣りを楽しんだ男がようやく寝床につく。

枕に後頭部を預け、おふとぅんの暖かさを味わう。

それだけで心地よく意識が薄くなっていき。

「寝る、もう、寝……」

探索は明後日。明日は探索までの最後の日常だ。

◇◇◇◇

ちちちち、サー。

川の音、水がはじけて、泡になる。

林の奥、鳥たちが小さく鳴いている。

涼しい風がここちよい。森林の匂いが、味山の鼻をくすぐった。

渓流の夢だ。

「やあ、味山只人、また会えたね」

「うお！」

目を開く。眼前に現れたのは人の形をした渦巻く黒いガス。

通称ガス男が、目の前に。

「キュ！」

同時に彼の足元から響く元気な生き物の声。

小さな黄色い嘴《くちばし》に緑の真ん丸とした体。小さい赤ちゃん河童《がっぱ》のキュウセンボウもいる。

「ガス男、キュウセンボウ……これ、夢か」

味山の夢にはたまに彼らが現れる、奇妙な住人たちが。

「キュキュマ！」

味山の膝によじ登ろうとするキュウセンボウを抱えて膝に乗せる。

ひんやりして、気持ちいい。

「随分と神秘に気に入られたものだね。良い傾向だ」

「あー……まあ、おかげでこの前のトラブルは乗り越えられたよ、ありがとな、キュウセンボウ」

「キュ！」

気にするなよという風に赤ちゃん河童が短い手を上げて答える。

「ふむ、まずはおめでとう。52番目の星の消失、とりあえずは彼女を止める事ができたのだね」

彼女。その言葉に味山はため息をついた。

「お前、アイツの事も知ってるのか？」

「ふむ、〝彼女〟については、そうだね、語るのが難しい。そうであるとも言えるし、そうではないとも言えるね」

「詩人だけだぜ、そういう物言いが許されるのは」

「おや、私は詩人ではないと言ったかね？」

「詩人だとしたら、センスがない、向いてないぞ」

「おやおや、クク。これは手厳しいな」

ちちち。林の上、小鳥が唄《うた》う。長閑《のどか》な光景の中、味山《あじやま》は深呼吸。森の香りが心地いい。

「キュ」

「ん？　どした、キュウセンボウ」

味山の膝から急に思いついたようにえっちらおっちらキュウセンボウが下りていく。

「キュウセンボウ、あまり遠くへ行くのではないよ。そら、気をつけて泳いできなさい」

「キュキュ」

川で泳ぎたくなったらしい。自由か。

「……あの時、手からヒレが生えた。それにあめりやでは水の中で息が出来た。キュウセンボウのおかげなんだよな」

水の上をぷかーっと浮かび泳ぐ河童を視界に入れながら味山が呟《つぶや》く。

自分の体に起きた異変はおとぎ話の河童に類似していた。

「その通りさ。〝神秘の残り滓《かす》〟。彼の偉業がキミの身体《からだ》に一時の変質をもたらした。素晴らしいじゃないか、キミはこの現代において、滅びた神秘を再現することに成功したのだから」

「滅びた神秘……ねえ。お前この前の夢で、その神秘とやらを集めろって言ったよな。キュウセンボウみたいなのがまだいるってことか」

「ああ、その通り。人の世において駆逐された神秘、その残り滓はキミに箱庭の化け物と戦うための力を与えるだろう。それは元よりこの世界にあったものだ。〝腑分《ふわ》けされた部位〟や〝彼女〟にすら届き得る牙だよ」

「……なんだそりゃ」

相変わらず、コイツの言葉は理解しがたい。味山が目を細めて――。

「キュキュー！　キュアアアア!?」

小動物の悲鳴が響く。

キュウセンボウが涙目で必死に川辺に向けて泳いでいた。

「いかん！　キュウセンボウが巨大魚に追われている!!」

「なんで!?　どういう状況!?」

味山とガス男が同時に切り株の椅子から飛び上がり川へと駆け寄る。

巨大魚に追われていたキュウセンボウ、ぴょーんと川から飛びあがってきたのをガス男がキャッチ。

「うおおおお!!　なんじゃこりゃ!?　ナマズか!?　あっち行け！」

味山が川辺に置いてあった棒で魚を追い払う。

でかい！　魚影が濃く、水の唸りとともに泳いでいたそれが川の奥へと去っていく。

「キュー!!」

「おお、よしよし、キュウセンボウ。大丈夫、君の誇りは失われていない。おそらくこの川のヌシだ。今の君では仕方ないさ」

涙目のキュウセンボウをガス男があやす。

俺の夢の中ヌシいんのかよ。

味山は溢《あふ》れるツッコミを我慢して焚《た》き火《び》の準備をする。

「まったく、なんて夢だよ」

夢の中だから便利なものだ。

焚きつけも、薪《まき》も、ライターも欲しいものは欲しい瞬間に存在していた。

「おや、火おこしも巧《うま》いな。さすがは……いや」

「サラリーマンの時、たまの休みに気合い入れてキャンプ行ってた時に覚えたんだ、焚き火はいいぞ。眺めてたら全部忘れられる」

「キュマ」

「河童なのに火は大丈夫なのか？　サンキュ」

キュウセンボウがどこからともなく運んできた枯れ葉を、味山が受け取る。

麻紐《あさひも》をほぐしたものや、開いたまつぼっくり、松の枯れ葉から煙が上がる。

もくもくと広がる白い煙、その中に赤い火が現れた。

松の枯れ葉が赤熱し、麻紐が溶けるように燃え尽きて。

「キュウセンボウ」

「キュッ」

キュウセンボウが細めの薪を焚きつけの上へ置く。

勢いを増していく煙が薪を飲み込み、舐《な》めるように火が広がっていく。

ぼおう。火が点《つ》いた。

「キュキュキュ!!」

「煙吸うぞ、気を付けろよ」

「ギュー……」

鼻?を摘《つま》みながらキュウセンボウが味山の膝に飛び込んでくる。

ぱち、ぱち。弾《はじ》ける火を囲み、味山とガス男が切り株の椅子に腰をかけて向かい合う。

「なあ、神秘の残り滓を集めろって言ったよな？　キュウセンボウの他にどんな奴《やつ》がいるんだ?」

「キュマキュ」

膝の上で服をよじって遊ぶキュウセンボウ、かわいい。

「いくらでもいるさ。お伽話《とぎばなし》や伝承に登場する彼らはその多くが過去にこの星で実際に存在していた者ばかりだからね」

「お伽話……？　おいおい、冗談よせ……いや、ダンジョンがあったり怪物がいる世の中だ。そんな事もあるか」

「ああ、その通り。他の神秘で言えばそうだね。人の血に寄り添う貴種。吸血鬼、〝ヴァンパイア〟と呼ばれ、ある時は人の世に紛れ、ある時は人と共に戦い、そして、人により滅ぼされた存在。この星の夜の具現化」

コウモリと踊るマントを被《かぶ》った人の絵。

黒いガスを絵具にして、空中にまた絵が描かれる。

キュキュ、とキュウセンボウが目を輝かせそれを眺める。

「それは例えば、自然の力の具現。頭に角を設《しつら》えし、力強きモノ。東洋において、〝鬼〟と呼ばれた彼ら。東洋最強の化け物狩り、源《みなもとのよりみつ》頼光と、東洋最恐の化け物殺し、〝鬼裂《おにさき》〟により討たれたモノたち」

角を設え、金棒を振るうその姿が描かれる。

「他にも多数、世界中の言い伝え、お伽話、それらを読み返してみるといい。神秘の残り滓の痕跡は世界中に存在している」

「またカレーにして食うわけか。凡人はやること多くて困るな」

「それが唯一、キミが〝耳〟に呑《の》まれずに、この箱庭の探索を全うするための方法だよ。君に才能はない。戦士として純粋な成長は期待しない方がいいさ」

「やっぱ才能ねえのか、俺」

「気に病む事はない。だからこそキミは多くの神秘の残り滓に適応するだろう。空の器にだって使い道は多くある」

「オカルトだな。ま、実際キュウセンボウに助けられた身とすりゃ信じるしかないか」

「キュ！」

元気に手を振り上げるキュウセンボウに手を振り返し、味山はガス男に話しかける。

「なあ。ヒントを聞くこの耳、あのクソ耳の力も、神秘とやらなのか？」

「いいや、違う。似ているが、〝腑分けされた部位〟と〝神秘の残り滓〟は全くの別物だ」

「ふーん……まあ、俺の役に立つんならそれでいいや。おっと、火が弱くなった」

味山が足元に置いてある細い薪を焚き火に放り投げる。

薪があっという間に火に舐められ燃えていく。

「それでいい。探索には数多《あまた》の力が入り用になる、由来を気にしてる余裕もなく、ね」

「……お前ゲームのチュートリアルみたいな奴だな」

何気なく放った一言。ガス男の動き、その全てが一瞬止まった。

「……もう目覚めの時間だ。次の探索まで力を集めたまえ」

「もう次の探索まであと1日しかねえんだけど……うわ、ねっむ……」

頭とまぶたに直接来る強い眠気。逆らうことは出来ない。

ここでの眠りは現実への帰還を意味する。

「ああ、安心したまえよ。君はすでに強大な神秘の残り滓と縁を結んでいる」

「あ？」

だろう」

「鬼裂《おにさき》、東洋最恐の怪異狩りを探せ。〝耳〟の強大な力を操るためには彼の武が役に立つ
「お、に……さき？」

「うん……？　ああ、今は読み方が変わっているみたいだ。〝鬼裂〟……きさき、かな」

「きさき……うん？」

「ああ、また会おう。ほら、キュウセンボウ、彼に挨拶を。我らが生家の主人の出立だ」

「キューバイ!!」

「はは、キュウセンボウ……なんだ、それ、ばいばいのつもりか？　可愛《かわい》いな」

まぶたがどうしようもなく重たい。味山はそのまま、目を瞑《つぶ》った。

「ああ、そして、君。警告だ」

声だけが、聞こえる。

「もはや今回の探索は私の知る最前のそれとも大きく異なっている。だが、決して変わらない事もある」

ガス男か？　何を、言って――。

「〝耳の怪物〟は君の獲物だ。きちんと、責任をもって狩りたまえよ」

味山の意識はそこで、途絶えて――。

◇◇◇◇

ちゅん、ちゅぴ、ちゅピピピ。

窓の外から聞こえる小鳥の鳴き声。海を渡ってここまで来たのだろうか。

「……朝か」

ガス男やキュウセンボウの事、あの渓流の夢はよく覚えている。でも、その後、また何か別の夢を見ていたような。

「……遺書、提出しねえと」

枕元に置いてある端末を探る。味山が寝呆《ねぼ》け眼《まなこ》で行動を始めようとして――。

TIPS€　〝鬼裂〟、〝雪白〟、〝白面〟。神秘の中には人と交わり、血を遺《のこ》した者も存在する
「あ？　ああ。夢で、ガス男の言ってた奴か？」

ヒントが囁《ささや》く。味山はそれに文字通り耳を貸して。

TIPS€　鬼裂の一族は、当世においては貴崎《きさき》と呼ばれ怪異狩りの業を剣術として遺している

「え？」

ＴＩＰＳ€　お前の知己、貴崎凛《りん》は鬼裂の直系の子孫だ。その縁は新たなる神秘への手がかりとなるだろう

「……まじかよ」

都合が良すぎて不気味だ、だが。

――探索者なんてならなければ良かった。

――怪物《ボク》を殺しておくれ。

脳裏に駆け巡るのは、先日のあの探索の記憶。現代ダンジョンに敗れた探索者の末路。

「恐ろしい仕事だよな、ほんと」

ぼやきながらいつも通り手短に遺書を書き、そして。

「もしもし、貴崎？　すまん、今日少し時間ある？」

久しぶりに、昔の仲間と連絡を取った。

力が必要だ。生き残るために、そして殺されないために。

退屈。

私、貴崎凛にとって人生とはつまり、そういうものだった。

何も教えられなくても、私は初めから全て知っていた。

どうやって振ればいいのか、どうやって運べばいいのか、どうやって斬ればいいのか。

天才、血の成功、貴崎の誉《ほまれ》。周りの大人は皆、私を称賛する。

気持ち悪かった。

だってそうでしょ？

まばたきや息をするだけで周りの人間が慄《おのの》いたり、時には涙を浮かべて誉《ほ》めそやしてくる。

私にとって剣を振るうとはそういう事だったから。

こんなにも簡単なことが出来ない周りの人間が本当に退屈だった。

貴崎の家は平安の世、武士が生まれた頃より続く剣術の家。

警察や自衛軍にも多くの門下生を出している。

そんな人たちは私を見て、みんなお父さんとお母さんを褒めていた。

――さすが貴崎。さすがは貴崎の血筋。

馬鹿みたい。でもいい。あなたたちがそうしていればお父さんとお母さんが喜ぶから。

剣の才能だけじゃない。

自分の見目が美しいのは5歳くらいの頃には気付いていた。

門下生の男の子や、師範代の子どもたち、時には私から見ればおじさんにしか見えない年頃の男性も。

みんないつも私を見ていた。少し笑いかけると皆顔を赤くして――気持ち悪い。

勉強も、運動も、容姿も、才能も、私は初めから全てを持っていた。

全部下らなくてどうでもよかった。

だって、全部使い道がなかったから。

退屈だった。

生きることが本当に退屈で、出来て当たり前の事が出来ない皆から大袈裟《おおげさ》に受ける羨望や期待が気持ち悪くて仕方なかった。

自分の才能の無駄さが、ただ、ただ、虚《むな》しかった。

人生が早く終われればいいと、本気で考えていた。

あの日までは。

私の人生が始まった日は、2つある。

1つ目は、あの日。模造刀による試合で、お父さんを病院送りにした日。

震えながら私を見るお母さんにあの歴代の当主しか入る事の許されない〝納骨堂〟を開けさせたあの日だ。

私はあの日、自分に与えられた才の使い方を覚えた。

私の才は私の願いを叶《かな》えるためにあったと気づいた。

そして、2つ目はあの日。


――ぎゃはははははははははははははは!!


思い出せば、身体《からだ》の芯が熱くなる。

無造作に、ヘタクソに、それでも迷いなく振られる斧《おの》。

怪物の肉に刃が食い込む音。飛び散る青い血の、甘い匂い。

今でも思い出す。

青い血に濡《ぬ》れた、あの人のヘタクソな笑顔。

離れないんだ。アタマの奥に、胸の中に、身体の芯に焼き付いて。

味山《あじやま》さん。あなたを見たときからだよ。

もう、私は――。

◇◇◇◇

「おい、あの子、可愛くね？」

「誰かと待ち合わせしてるのか？　声かけてみようかな……」

「やめとけよ。相手にされるわけねえだろ」

ニホン街の金次郎広場。

おなじみの銅像があるその広場は交通の便から待ち合わせ場所として利用されている。

「さっき声かけた奴、30秒で振られてたけど、なんか満足そうな顔してたな……」

「やっぱ行ってみようか……」

芸能人とか、モデルでもいるのか？

味山はヒソヒソと話す男たちの間をすり抜けるように歩き、銅像を目指す。

時間は10分前、人の波を抜け、待ち合わせ場所を確認すると、もう相手はそこにいた。

「お、いた」

黒髪ポニテの毛先はわずかに赤みがかり。

ハイウエストのスカートに、黒いタイツ、白いセーター。少し余った袖が妙にあざとい。

ファッション誌の表紙を飾るモデル顔負けのスタイル。

人形かと見紛《みまが》う、少女と女の交じる綺麗《きれい》な顔。

貴崎凛。

今日の待ち合わせの相手はただそこにいるだけで衆目を集めていた。

「やっべえ、マジでタイプ……」

「なんか、いいよな……」

男たちの視線を集めているのは彼女だ。

広場にいる男、よく見ると女もみんなちらちらと貴崎の様子を確認している。

だが貴崎は髪をいじったり、手鏡を見たりして周りの視線など意に介さない。

「よ、よし、俺行くわ、きっとあの子、男慣れとかしてないだろうし、びっくりするかもだけど」

「え、じゃ、じゃあ、僕も……なんか守ってあげなくちゃ……そうだ、せっかく探索者になったんだし……」

声を、かけづらい。

どうやら周りの男たちは貴崎が気になって仕方ないらしく――。

「あ！　味山さーん!!　こっち、こっちでーす！」

ジロリ。貴崎に向いていた人々の視線が一斉に味山へと向けられる。

「え……」「うそだ……」「男と待ち合わせしてたんだ……」「ぼくが先に好きだったのに」

アレタ・アシュフィールドと待ち合わせしてるときに感じる視線と同じものだ。

味山はこういう時の対応をよく知っている。堂々と。

「悪い、待たせた。待ち合わせの時間には間に合ってるよな？」

「はい！　予定は11時でしたから！　問題なしです！」

「そりゃ良かった。貴崎はいつ到着したんだ？」

「うーん、ついさっきですよ！　到着した瞬間、味山さんが来た、みたいな感じでーす」

その言葉が嘘《うそ》である事を味山は知らない。

彼女は1時間以上前にここに到着していた。

「そっか、悪いな、急に」

「いえいえー！　ほんとそんな！　びっくりしましたけど、誘ってくれてうれしいです！」

「あ～……まあ、たまにはな。貴崎は最近どうよ」

「えへへ、いつも通り元気です！　味山さんも忙しそうで」

「いつもバカ共が周りにいてな、好き放題に振り回されてる」

アルファチームの連中の事を思い浮かべると、なぜか味山は少し笑ってしまった。

「――そんな顔で、笑うんですね、知らなかった」

「ん？　悪い、聞こえなかった。なんて？」

「いえいえ！　お気になさらずに!!　なあんでもありません！　人も多くなってきましたのでそろそろ行きませんか？」

「そうだな。とりあえずどっか座れるとこでも探すか。この辺最近、わらび餅の専門店出来てたよな」

味山が出発前に5分くらいで調べていた店へ案内しようとする。

味山の提案を受けた貴崎がしかし、もじもじしながら声を上げた。

「あ、あの!!　味山さん!　そ、そのですね、じ、実は私行ってみたいところがございまして!」

「え?　おお、じゃあそこ行こうぜ。今日は俺が誘ったから、なるべく言うこと聞くぞ」

まあ、場所が決まってんならいいか。味山は安易に貴崎《きさき》へと主導権を渡す。

「ありがとうございます!　それじゃあ、こっちです!　実はもう家の者に伝えて予約もしちゃってたり、えへへ」

「オッケー、了解。……ん?　予約?」

家の者?　誰?　お母さん?　味山がなんとなく貴崎のセリフに違和感を覚えて。

「はい!　人も集まってきましたし!　あそこなら人目も気にせずたくさんお話しできます、さ!　いきましょう!」

「お、おう。人目を気にしなくていい?　貴崎?　どこに行くつもりだ?」

少し、嫌な予感がして。

「えへ、行ってみてのお楽しみです!」

桜が咲いたような笑顔。

味山は周りからの殺意すら感じる視線を無視して、その笑顔にぎこちなくうなずいた。

◇◇◇◇

かっぽーん。

溢《あふ》れ出る湯、湯気の上がるそれに身を浸しているともう全てがどうでもよくなる。

岩造りの露天風呂。そこに味山はいた。

「あー、もう友達とかいらねえ……」

乳白色のお湯に肩まで浸《つ》かり、岩造りの浴槽に頭を預ける。

ゴツゴツした感覚が後頭部の頭皮を刺激する。気持ち良い。

「すげえなあ……やっぱ人生、金とコネと太い実家かあ……」

場所はニホン街にある旅館、なんと貴崎の実家の経営らしい。

たびかごやの名物、白泉《はくせん》。

味山は1人で露天風呂を満喫していた。

貴崎の行きたいところ。つまり、ここだ。

貴崎凛《りん》はわざわざ今日だけこの旅館の温泉を貸し切りにしていた。

「アシュフィールドみてえなことする奴《やつ》だな……」

手のひらに掬《すく》ったお湯に小さな日だまりが出来る。

「風流だねえ……」

「味山さん、お湯加減はどうですかー？」

「おお、最高でーす。いやー、やっぱたまにはこうしてゆっくり温泉に浸かるのもももももも。……は？　貴崎？」

からら。

扉が開く音と同時に、聞こえちゃいけない声がした。

バスタオルに包まれた真っ白な肌。

出るところは出て、締まるところは締まっている健康的な肢体。

結んだ髪の毛が、白い肌に散らばる。長い脚、見える肌の面積が多すぎて。

貴崎が、男湯に入ってきた。

「やばい！」

「あ、味山さん!?」

反射的に味山が湯に潜る。

「もがぽぼべご、びばぶ！　ぼばべばんぼぶぼりば!!」

「味山さん、何か言ってるのはわかりますが、何を言ってるかわかりません。なので、失礼しますね！」

息が限界になった味山が湯から顔を上げる。

ざぱり。貴崎が桶《おけ》に湯を汲《く》み、しゃがむ。

やばい、湯気で見えにくいけど、なんか色々見えそう。

「待て貴崎!!　お前、それバスタオル！　かけ湯したらそれ、透けて――」

ちゃぽん、と。湯に足をつけた貴崎があっけらかんと。

「あ、ほんとですね。たしかにバスタオル巻いたまま入るのはマナー違反ですよね」

「は？　いや、違う、え、伝わってる？　俺の言葉」

ぽかんと口を開ける味山を尻目に、貴崎が肢体を包むバスタオルをはだけて。

「マジでいかん」

味山が自分の目を潰そうとした瞬間だった。

「……水着？」

白い肌に純白のビキニが眩《まぶ》しい。

陶芸家が整えたようなくびれ。その細い身体に見合わない豊かな胸。すっと縦に薄く割れたお腹《なか》。にゅっと伸びた脚。

「えへ、そうです。きちんと穿《は》いてますよう。慌てすぎですよ、味山さん」

その女の才能の塊がしずしずと近づいてきて。

「味山さんのえっち」

少女が味山を嗤《わら》った。

男なら誰でも、その雰囲気に我を忘れ、貴崎を求めてしまうような――。

「えっちなのはお前じゃ！」

「きゃっ!?」

ぴたーん！　味山が放り投げた手拭いが貴崎の白いお腹に張り付く。

「肌隠せ!!　肌ァ！　どいつもこいつもなんかエロいんだよ!!　うなじとか鎖骨とか胸とか太ももとかぁ！　勘弁してよお！」

「……味山さん、そ、その……」

ざぱりと湯船から立ち上がった味山《あじやま》が叫ぶ。

貴崎が急に顔を真っ赤にして、手で顔を覆う。

「あ、あの、あのあの……味山さん……前、見えちゃってます……か、隠してくださいぃ」

指の隙間からこちらを見つめる貴崎の瞳が揺れた。

「前……？」

あ、やべ。

スッポンポンで水着の女子高生に叫ぶ男がそこにいた。

「死にます」

「ああ!? 味山さん！ 溺れちゃう！ 溺れちゃうから！」

反射的に土下座した味山が、乳白色の湯に沈む。

鼻に湯が入ってとても痛かったが、そんな事どうでも良かった。

◇◇◇◇

かっぽぽーん。

「えへへ。味山さんとこうして一緒のお風呂に入ってるなんて。なんか、信じられないなあ」

「あっちゃならない事なんだよ、俺も信じられねえよ」

結局、水着の貴崎には色々な意味で逆らえなかった。

貴崎の肌を見なくて済むように露天の空や、岩の陰影に目を向けながら会話する。

「ねえ、味山さん。もう少し近くに行ってもいいですか？」

「話聞いてた？　いい大人がね、女子高生と温泉入るのはまずいんだ」

味山は貴崎を見ずに手を上げながら強く発言する。

この距離はせめて死守する。大人を舐《な》めるな。

「もー、恥ずかしがらなくてもいいのに……」

「水着を着ている奴にむき出しの心細さがわかるか？」

「……じゃあ、私もむき出しになりましょうか？」

「」

ニホンの風紀はもうだめかもしれない。

「ふふ、大丈夫ですよ。どうにもならなくなったら私が養ってあげますから」

「俺は食費かかるぞ、あとサウナ代とキャンプ用品とゲームのシーズンパスとか」

「じゃあ頑張ってお金稼がないとですね」

貴崎が、にへらと笑う。ちらりと八重歯が眩しい。

貴崎の髪、毛先がわずかに赤くなっている黒髪から雫《しずく》が垂れている。

「ん？　どうしました、味山さん」

完全にビジュアルが良いと自覚している人間の表情だ。悔しい。

「それにしても味山さん、いいお湯ですねえ、疲れも吹き飛んじゃう」

ぐぐっと、貴崎が背伸びをする。白いビキニに包まれた年齢離れした胸が強調されて。

「貴崎さん、あまり身体《からだ》よじらないでもらえます？　刺激が強い」

「えへへ、気になりますか？　中学3年生の頃から胸当てがきつくなってきて……結構動きにくいんです」

「そりゃ、ご立派で。つーかマジでやめて。ほんと、そういうのは大事な時にとっとけ」

「……大事な時って？」

貴崎がキョトンと首を傾《かし》げる。いちいち動作が可愛《かわい》い。

味山は唇の裏側を噛《か》んで、耐えていた。

「好きな男が出来た時とか。ただの知り合いの男に簡単に見せるもんじゃねえ」

ぽちゃん。

お湯が揺れた。

「……ふふ、やっぱり、そういう考え方なんですね、味山さん」

貴崎が立ち上がる。

探索者として仕事をしていてなお、ここまで綺麗《きれい》な身体のままでいられる。

才能とは残酷だ。残酷なまでに差を実感させられる。

「き、きさき？」

「ねえ、味山さん。もし私が味山さんのこと好きって言ったらどうします？」

「だっる」

味山が大きく口を開ける。

「……こらこら、だっるってなんですか、だっるって。こー見えても私、結構モテるし、中々良い物件だと思うんですけど」

貴崎が拗《す》ねたように口を尖《とが》らせる、顔が良いと何しても可愛い。羨ましい。

「からかうなよ。男はお前が思うほど頭良くねえんだから」

「……ねえ、なんで味山さんはそうなんです？　多分他の男の人なら私とこんな事してたらもう、襲いかかってきてもおかしくないと思うんですけど」

「だっっる」

「あ、またそんな反応する。ひどーい」

「そこまで冷静に男のツボついてくる女子高生に手出せるか。恐ろしい」

「あは、なんの事です？」

湯船から湯をすくい、貴崎が首にお湯をかける。

動作の一つ一つが艶《なま》めかしい。濡《ぬ》れた黒い髪が、白い肌に映える。

「見惚《みと》れてました？」

「目に毒、でも態度と性根がむかつく」

「えー。味山さんは、こういう少し傲慢な女が好みなのかなって思って。アレタ・アシュフィールドみたいに振る舞ってみました」

「アシュフィールド？　あー……、まあ、たしかに嵐みたいな奴ではあるけど」

味山が湯に身体を深く沈め、空を見上げる。

じいっと見てると溶けそうな青の元へ、湯気が立ち上っていく。

そういえば今日はアレタから連絡はなかった。いつも探索前は妙に絡んでくるのだが。

「味山さん」

ざぶ。

アレタの事を考えていると、貴崎《きさき》が味山の真隣に。

湯気に混じり、花見の時の桜の花の香りだ。

「うわ、近い、近いよ、貴崎くん」

「……教えてください、味山さん。どうしたら、私に興味持ってくれるんですか？　どうしたら、私を見てくれるんですか？」

「えー……とりあえず座れよ、風邪ひくぞ」

ぽちゃん。貴崎が素直に湯に浸かる。

「……味山さん、今日誘ってくれてありがとうございました」

「ん？」

「明日、指名依頼なんでしょ？　知ってますよ。どうしてそんな大事な仕事の前に私を誘ってくれたんですか？」

「え？　なんで知ってんだ、お前」

味山が思わず貴崎を見る、そして、固まった。

その表情、頬が上気し、白い肌は薄い桜色に染まる。

とろんとした瞳、しかしその奥にある光はあまりにも妖しく、美しかった。

女の貌《かお》、男を試し、捕らえる、そんな魅力を秘めた貌。

それは、魔性にも近く。

「嬉《うれ》しいです、私。探索者にとって最後の日になるかもしれない今日、味山さんが誘ってくれた事、すっごくうれしかったんですよ？」

「うん？」

味山は少し考える。

何か貴崎がとんでもない勘違いをしている気がしないでもない。

貴崎が薄く笑う。先ほど垣間《かいま》見《み》えた妖しい女の貌は陰に潜む。

「ねえ、味山さん、実はね、私もなんですよ」

「え？　何が？」

「トオヤマナルヒトの捜索任務、私も組合から指名依頼受けてるんです」

乳白色の湯気の中、貴崎が小さく笑う。

「貴崎も……？」

「はい。ふふ、ダンジョン酔いって怖いですよね。あんなに怖くてたまらなかったダンジョンの探索が少しずつ、少しずつ楽しみになっていくんですもん」

瞳孔が蕩《とろ》けたような女の瞳から味山は目が離せない。

「でも、やっぱりそれでも死ぬかもしれない日の前日って凄《すご》く大事じゃないですか。悔いを残さないために、やりたい事やっておきたいですよね？」

「お、おお」

その辺あまりこだわらない味山が言葉を詰まらせた。

遺書だって、銀行口座とＳＮＳのパスワードくらいしか書かない。

「……ねえ、味山さん。探索者の男女って結構パートナーになる事多いの知ってます？」

「そうなのか？　俺の周りあんまそういうのいないからよくわかんねえけど」

「ふふ、吊《つ》り橋《ばし》効果。命懸けの仕事ですから、こう、高ぶっちゃうんですって。私、そういうの全くわからなかったけど、今ならなんとなく、わかるかも」

すっと、貴崎との距離、もう肩が触れ合うほどだ。

「貴崎、距離が近い」

「んー？　良く聞こえません、もう少し近くで話してください」

「だから、距離が――うお」

ざぶ。上級探索者の膂力《りょりょく》。ぐっと、貴崎に首を引き寄せられて。

「……シちゃいます？」

桜色に紅潮した頬。うるんだ瞳。

彼女の潤った唇が味山の耳元にそっと。

TIPS€　貴崎凛《りん》の技能、〝鬼の色香〟発動、魅了判定……対抗技能〝完成した自我〟により無条件で魅了を無効――お前は死の間際であろうと、他人のぬくもりを必要としない
1人で生きて、1人で死ね

「……なんでだ?」

ぽかんと、味山が首を傾げる。

本気で意味がわからなかった。貴崎がこんな事をする理由が。

「……あは、やっぱり、そんな反応なんだ」

笑う女。いつものからからした笑顔ではない。女郎蜘蛛《じょろうぐも》が獲物を眺めるような目で。

「味山さんの事が気になるから、じゃだめですか。明日死ぬかもしれないから、とかじゃダメですか?」

「だめだろ、常識的に考えて」

円満なチームの離れ方ではなかった。

貴崎の幼なじみで元チームのメンバー、坂田《さかた》時臣《ときおみ》。

彼からの戦力外通告がきっかけで、味山《あじやま》はチームを離れた。

その際、多少のもめ事はあった。

「もしかして、半年しか組んでないのに、なんでこんなにちょろいんだとか考えてます？」

「……」

「わかりやすい顔、そんな嫌がらないでよ、味山さん。面白いなあ」

「……自分より年下で自分より優れている人間に心の内を読まれたら誰だってこんな顔するだろ」

「あ？」

「……あーあ、やっぱり、そういうつもりじゃなかったんですね。ちぇっ、ちょっとがっかり。——何か、理由ありますよね？　今日、私を誘ってくれた理由」

「だって、貴方《あなた》が私になんの用もなく会おうとするなんておかしいですもん。味山さん、気付いてないかもしれないけど、味山さんって自分で思ってるよりも実利的で、排他的で、冷たい人なんですよ」

「え、人でなしじゃん……」

「ふふ、そうですね。でも、私はそんな人でなしさんに探索前日の大切な日に声かけられて舞い上がってしまうちょろい子なのでしたー！　で、そんな味山さんは、私にどのような用があったのでしょうか？」

――鬼裂を探せ

今日、貴崎と会ったのはあの夢の言葉がきっかけだ。

だがその話題の切り出し方がわからなかった――

「味山さん？」

温泉に入っていると、全てがどうでも良くなってきた。

貴崎が自分に抱いている奇妙な感情を利用するような後ろめたさも、もうどうでもいい。

「鬼裂……」

「え？」

「鬼に裂くって書いて鬼裂。なんか、貴崎と関係あったりするか？」

言った。言ってしまった。

何も心当たりがなく空回りするか？

味山の頭の中で、数々の予想が浮かぶ。

そして、貴崎の反応は。

「ふふっ」

「貴崎？」

笑い。

知らないでも、怒りでも、失望でもない。

味山の問いに、貴崎は笑いをこぼした。

「ふ、ふふ、っふふふ、ふふふふ。うそ、うそでしょ？　ほんとに？　そんな事ってあるの？　あ、本当に喋《しゃべ》れる……話せるようになってる……フフフフ、変な笑いが出ちゃう、フフフフ」

ぱちゃぱちゃとお湯を叩《たた》きながら貴崎が笑う。

その様子はらしくなく、幼い。

「き、貴崎？」

「ふふふ、あ、ああ、ごめんなさい、味山さん。ちょっと、びっくりしたのと、面白いのと、少し怖くて……ふふふ、えー、どうなのかなー、ふふふ」

目尻に溜《た》まった涙を拭い、貴崎が答える。

「ふふ、味山さん、貴方は、鬼裂を探しています、ですよね」

「え、なんで……？」

「ああ、味山さん、やっぱり貴方、とてもとても面白いです。私の代で、遺言がほんとになるなんて」

「遺言？　誰の？」

「貴崎の始まり、貴崎の祖。ええ、貴方が言う通りの〝鬼裂〟が遺《のこ》した言葉です」

「鬼裂が、遺した？」

「……味山さんって幽霊とか信じます？」

「幽霊……？」

「幽霊じゃなくてもいいんです。ＵＦＯとか超能力とか、モンスター……あ、これはもう怪物種がいましたね」

「あ、まあ、いたらいいなとか、そういう話は好きな方だけどよ」

「ふふ、そうですか。私もです。味山さん、私ね、幽霊に会ったことがあるんです」

「マジ？」

「マジです。意外です、本気で聞いてくれるんですね」

「……最近、オカルトじみたことが身の回りでよく起きるからな」

「それは……ま、味山さんならそういう事もあるか……、あ、そうだ、そう幽霊。私の家にはね、貴崎家で一番強い者だけが会える幽霊がいるんです」

「そいつが、鬼裂？」

「はい、でね、言ったんです、その幽霊、納骨堂に飾られてる首のない骸骨なんですけど……いずれ、鬼裂を探す者が貴崎の前に現れるって」

おもちゃを見つめる猫のような目つきで貴崎が笑う。

「……どんな遺言なんだ？」

貴崎の潤った唇が動いた。

「伝えよ」

貴崎《きさき》の声、よく通る鈴のような声の裏に何かが交じる。

「伝えよ、世に怪物狩りが遍《あまね》く時代、世に怪物どもの楽園が生まれし時代、今よりも更に後の時代、人が夜空の星々へ手を伸ばさんとする時代にかの者は現れる」

すらすらと唄を歌うかのごとく貴崎が言葉を紡ぐ。

「伝えよ。当代最強の貴崎よ、その者が現れぬのなら次の貴崎へ、そしてその者が現れたのなら貴様こそが、貴崎の役目を果たす者なり」

違えることはない。それは血に刻まれた呪いにも近い言葉。

「鬼裂の狩りは再び始まる」

TIPS€　〝鬼裂の呪血式〟の発動条件を満たした。お前は鬼に、見つかった

ちゃぽん。

岩棚から流れる湯の音が戻る。

「……貴崎、今のは」

「遺言です。代々受け継がれてきた先祖の言葉。当代最強の貴崎がずうっと守ってきたどこかの誰かへ向けたメッセージ。鬼裂を求めて、貴崎にたどりついた誰かへ伝えるように

引き継がれてきました」

怖気《おぞけ》。

鬼裂を探していることを、鬼裂が知っていた？　どうやって？

意味が、わからない。

「探索者になって、よかったなあ。ふふ、人生って面白い事こんなにあったんですね……」

ばちゃ。

貴崎が岩棚に寄りかかるように力を抜いた。

気付けば、白い肌が茹《ゆ》でダコのように赤くなっている。

「は？　貴崎？」

「ふふ……つい、楽しくて……私、熱いお湯苦手なんです……」

真っ赤な顔で呼吸を荒くしながら貴崎が笑う。

どう見てものぼせていた。

「のぼせたの!?　あんなテンションの直後に!?　嘘《うそ》だろ！　お前！　やべえ！　えーと、とりあえず冷やさねえと！　貴崎、悪い！　触るぞ！」

味山がすぐに貴崎を湯船から出そうと肩に触れる。柔らかな白い肌は湯によって確かに熱くなっていた。

「あんっ、味山さん……ダイタンなんですね」

「やかましい！　肩貸すから立て！　うわ、ヤバ、身体《からだ》柔らかっ！」

密着した貴崎の身体の柔らかさ。魔性に近い女の身体の魅力に唇を噛《か》んで味山が耐える。

「ふふ、やったあ、味山さんが介抱してくれるんだあ……味山さんの（身体）は硬くてゴツゴツしてますね」

味山に支えられ、貴崎が力なく立ち上がる。

乳白色の湯から現れた水着の肢体。

肉感的で、男を簡単に狂わせる造りをしていた。

「そういうのほんとやめてくれる!?　やめろ！　背中を撫《な》で回すな!!　乳首付近を触るな！　沈めるぞ！」

「ふふっ」

「何笑ってんだクソガキ！　ほら、あがるぞ！　あと下は見るなよ、俺丸裸なんだから！」

なんとか味山が貴崎に肩を貸し、湯船から上がって。

「ふふ、おもしろくて……あーあ、いいなあ。あの人はこんな味山さん、いつでも見られるんだろうなあ……あ、ごめんなさい、ほんと無理……頭ぐらぐらする」

「貴崎!?　おい、嘘だろ！　やめろよ、お前大ごとになったら俺も社会的に死ぬよ？　店員さああん!!　氷！　氷と水お願いしまーす！」

ペタペタと岩造りの浴場から2人が脱出する。

後に残された湯船の水面はしばらくの間揺蕩《たゆた》っていた。

耳◇耳◇

ソレはそろそろ、飽きてきた。

「グルルルルル」

「ろおおおお……」

「めぐがぐ」

怪物種たちの悲鳴を聞くことに、だ。

足が4本あって、大きな奴《やつ》。

「ほほおおおおおん……」

蹄《ひづめ》を剝がした奴、中々に良い叫びが聞こえる。

でも、もう全部剝がしてしまったから、ダメだ。

「ろおおお」

人間の顔に獅子《しし》の身体の奴は中々にお気に入りだ。

でも、言葉を話さないからもう飽きた。

オカアサン、とか、オトウサン、とか、イタイ、とか。そういうのが欲しかった。

「めぐがく」

あと、空を泳ぐデカくて鋭くて太い奴。

最初の威勢の良さは中々に楽しめたが、丸呑《まるの》みにされて脱出する時、歯を１００本以上へし折ったせいか、もう勢いに欠けている。

「るるるるる」

このびりびりするイカみたいな奴、触手を引っこ抜くたびに雷の音がするのはウケた。

「あ、あああああ……」

一番強かったのはこの水で出来ている変な奴。何度か溺れ死んだが、慣れた。

「ＨＭＭＭ……」

全部飽きてしまった。

ソレは退屈していた。

痛めつけられ、虫の息となった山のような怪物種たちを眺めつつ、ただ退屈していた。

「ＯＨ……」

そして、ふと、思い出す。

——ギャアアアア!!

——なんじゃああこりゃあああああ！

——ぎゃはははははは！

ああ、そうだ。アレがいた。

どれだけ痛めつけても、喧《やかま》しく騒いでいた奴が。

「ＧＹＡＨＡＨＡＨＡ……」

ソレの耳穴から録音していた音声が響き始める。

ソレが耳穴を上に向ける。

ソレは考え始めた、さて、どうすればまたアレに会えるのか、と。

「ＬＩＳＴＥＮ《聞かせろ》」

ソレは大きな大きなお耳をそっと、地面に傾けた。

畳張りの感触が落ち着く。

高級旅館の一室、そこで味山《あじやま》は浴衣に着替えてあぐらをかいていた。

味山は自分の膝を枕に仰《あおむ》向けに寝転がる女へと声をかけ。

「あ、あのう……貴崎さん、そろそろ大丈夫ですか？」

「ふふ、まだ少し頭が痛いでーす。味山さんのために頑張って喋《しゃべ》ってたらのぼせちゃったからなー」

「はい、ありがとうございました。おくつろぎくださいませ」

パタパタと味山はうちわで貴崎を扇《あお》ぐ。

結局のぼせた貴崎に大事はなかったが、介抱は小一時間続いていた。

「あの……貴崎さん、この周りの仰々しい黒スーツの似合う方々は？」

非常に、居心地が悪い。

「「「…………」」」

部屋の周りに仁王立ちで並ぶ男たちのせいだ。

黒いスーツに身を包んでいてもわかる肩幅の広さ。

立ち姿から荒事を仕事にしていることだけはわかる。

「うん？　ああ、家の者たちですね。ここはうちの旅館ですから。あなたたち、もう私は大丈夫だから、通常の業務に戻ってくださいな」

貴崎がめんどくさそうに目線だけスーツの男たちへと向ける。

どうあっても味山の膝から離れる気はないらしい。

「……お嬢様、しかし、外部の、それも男性と2人きりというのはよくありません」

「私が大丈夫と言っているんですけど、何か？」

冷たい貴崎の声。味山が聞いた事のない声だ。

「で、ですが、お嬢様、そう言われましても。いくら元のお仲間とはいえ一般人と貴女《あなた》に何かあればご当主様がなんとおっしゃるか……」

狼狽《ろうばい》しつつも、黒いスーツの男が貴崎に言い返した。

「当主……？　その人は私よりも強いんでしたっけ？　ねえ、五島《ごしま》さん」

「っ!!　失礼いたしました。通常業務に戻ります、全員出るぞ」

「ふふ、お勤めご苦労様です」

貴崎が味山に膝枕されたまま、出ていく彼らに手を振る。

「っ……クソが」

「なんでお嬢様はあんな男を……」

去り際に、若い男の何人かから殺意の込められた言葉が少し聞こえた。

「ごめんなさい、味山さん、みんないい人なんだけど少し心配性で。あまり怒らないであげてくださいね」

「いや、誰よりもお前が怒らないであげて」

「ふふ、怒ってないですよ。あ、安心してくださいね。去り際に味山さんに捨《す》て台詞《ぜりふ》吐いた者は本日付けで解雇しておきますので」

にこりと花のように笑う貴崎《きさき》。

緩い浴衣、仰向け、それでも胸元が大きく盛り上がって。

「それをやめてあげて。自分の美人な雇い主がどこの誰かわからん男に膝枕されてたらあんな顔にもなるだろ」

貴崎の胸から目を逸《そ》らしつつ、味山が答える。

「そうですか？　お優しいんですね、味山さん、あ、もうちょっと胸元扇いで頂けますか？」

浴衣の胸元を貴崎がしなやかな指先でつまみ、少し広げる。新雪のような肌が覗《のぞ》いて。

味山は反射的に、ぴしっ。

「いたっ！」

デコピンをかます。

「痛い、痛いです、味山さん、デコピンしないで」

「うるせえ」

「味山さんの事信用してるからですよ？」

「やめろ、そんなつぶらな瞳で見上げるな。てかそろそろ貴崎、足痺《しび》れてきた」

「あ、じゃあ私が代わりに膝枕しますよ、それでいいですよね」

「何もよくねえ。それより貴崎、さっきの話の続きなんだけどよ」

味山が声を低くする。

「鬼裂ですよね。いいですよ、味山さんにならなんでも話しちゃいます。何を聞きたいですか？」

貴崎が猫のように目を細め笑う。

高級旅館の部屋の中、浴衣をだらしなく着た美少女とふたりきり。

だが、相手は高校生。一歩間違えれば事案、特殊な緊張感を味山は抱く。

「……鬼裂ってのは貴崎の家の先祖って認識でいいんだよな？」

「はい、そうですね。家系図の一番上には確かに鬼裂と書かれていますよ？　それと眉唾の伝説とかもたくさん残っています」

こんこん、こん。

「眉唾の伝説？」

「はい、曰《いわ》く平安最恐の怪異狩り。ヒノモトに湧く魑魅魍魎《ちみもうりょう》の尽《ことごと》く、オオエ山の鬼の首魁《しゅかい》、キョウの都に這《は》い出た土蜘蛛《つちぐも》。それら全てを狩り殺したと」

味山はその話に息を呑む。

同じ話を渓流の夢の中で聞いた。ガス男の言っていた鬼裂の情報と一致する。

「……源《みなもとの》　頼光《よりみつ》？」

「わあ、味山さん詳しいんですね。ええ、その通り。貴崎の家で鬼裂の功績として残っているお話は世間では源頼光の伝説、および彼の四天王のお伽話《とぎばなし》です。……鬼裂は歴史の記録はおろか、お伽話にも残っていません」

こんこん、こんこん。

「……でも、骸骨が残っている？　平安時代って千年以上前の話だよな。それが残るもんなのか」

こんこん、こんこん。

「ふふ、不思議ですよね。私も詳しくはありませんが普通なら残りませんよ。とっくに風化しているはずです。でも、骸骨はずっと、ずうっと昔からそこにある。……誰かを待っているように」

貴崎の目。大きなアーモンド形の目が味山を見つめる。

「そりゃあ、ロマンだな……。にしても首がないってのもなかなか恐ろしい」

「ああ、それ。そうですよね。実は少し怖い話があるんですけど……聞きたいですか？」

味山は貴崎の髪の毛から上る甘い匂いに耐えつつ、頷《うなず》いた。

「ああ、少し、怖い話？　聞かせてくれ」

こんこん、こんこん。

がらら。

「「えっ?」」

唐突に、部屋の扉が開いて——。

「ハァイ、リン・キサキ。ミステリーは好みよ、あたしも交ぜてくれないかしら」

すげえ金髪浴衣美人が、いた。

アレタだ。

「……なんでいるんですか?」

「タダヒトの端末反応がここにあったから」

「えっ」

なんか今、さらっとすごく怖い事を言われた気がする。

アレタが、旅館の部屋の謎スペースにある椅子に座った。

「どうやって入ってきたんです?」

「名前と用件を伝えたの。ああ、安心して、きちんとニホンの大使館にも話を通してるわ。あたしの補佐が、あなたの国の上級探索者と無断で二人きり、しかも、探索者組合を挙げての重要かつ大規模な作戦の前に、ね。素早い対応をしてくれたわ」

「職権乱用って言葉、きちんとバベル語に翻訳されてますか? 公私の区別って言葉の意味もわかります？」

「ごめんなさい、彼とは公私ともに付き合いがあるの」

「そう思ってるのは大抵、上司だけですよ」

現代兵器ですら平らげる化け物を生身で狩る女2人が言葉を交わす。

味山は風呂上がりなのに、嫌な汗が止まらない。

「そうなの？　タダヒト？」

「そうでしょ？　味山さん」

「っわァ……」

最悪の振りに、悲鳴しか出ない。

「というか、リン・キサキ、いつまであたしの補佐探索者の膝で寝てるの？　マナーも悪いのね」

「ああ、ごめんなさい52番目の星。ふふ、だって、味山さんに（温泉で）熱くさせられちゃって。ああ、それに、ふふ」

貴崎が喉を鳴らすように笑う。

そろそろ膝から離れて欲しいのだが、動く気配がない。

「なにが面白いのかしら、それとタダヒトの膝撫《な》でるのやめてくれる？　彼が不快そうだわ」

「えー、そうですか？　味山さんは私を誘ってくれたんですよ？　探索者にとって最後の

1日になるかもしれない大事な大事な探索前日を。あなたじゃなくて、私、を。それって、つまり、答え出てますよね？」

貴崎が怖い。もちろん、アレタも怖い。

2人とも口元は微笑《ほほえ》んでるのに目が全く笑っていない。

「……彼の優しさに甘えるのやめてもらえる？　リン・キサキ」

「……自己紹介ですかあ？　アレタ・アシュフィールド」

「どう思う？　タダヒト」

「どう思いますか？　味山さん」

蒼《あお》い目、栗《くり》色の目。2人の格上の探索者のしっとりした視線。

同じ生き物とは思えないほどに顔の造りの良い2人のプレッシャー。

ぷちゅ。

味山の精神的ストレスは簡単に限界を超えた。

〝ダンジョン酔い〟が回る。

「……サウナ」

「え？」

「は？」

「サウナ行こう」

「え、ちょ、タダヒト？」

がしっと、味山《あじやま》がアレタの腕をつかむ。

「貴崎、すまん」

「あ……」

貴崎も同じように引きずるように強引に掴《つか》む。

「ちょ、ちょっと、タダヒト？　ど、どうしたの？　あ、あの、ね、その手……、そ、そ
れに少し距離が近いっていうか……あ、あたし今日一回しかシャワーしてないし」

「あ、あの、味山さん、ちょっと力強くて……あ、すごい、がっしりしてる……」

「サウナ行きたい」

味山に引きずられる2人、言葉とは裏腹に味山の手を振りほどくことはなかった。

◇◇◇◇

「も、もうムリ……」

「私も、限界……」

閉め切られた木の扉が開かれる。

サウナ室の扉から涙目で飛び出る2人の美しい女。

白いビキニの貴崎凛《りん》と、チューブトップの水着のアレタ・アシュフィールド。

「………」

灼熱《しやくねつ》のサウナ室。その最上段に腕組みで座る味山が彼女たちを無言で見送る。

コイツはまだ入り続けるつもりらしい。

「水……」

「熱い……なんで、あの人……まだいられるんですか」

2人がシャワーで汗を流し、そのまま同時に露天風呂の隣にある水風呂の前へ。

「これ、入るの？」

「味山さんはそう、言ってましたけど」

水温計は13度。常人からすればこんな冷水に浸《つ》かるのは正気の沙汰ではないが——。

「普通こういうのって、サウナ慣れしてる人が一緒に入ってくれたりするものよね、まあいいけど」

「まあ、味山さんですし……」

水風呂の前でやきもきする2人。

しかし十分にサウナ室で暖められた彼女たちの体は冷たさを求めて。

「キャッ」

「ひゃっ」

同時に、2人は水風呂へ。お互いにきっとお互いに聞かせたくない声を出した。

「つ、冷たっ……」

「さ、寒い……東条さんのバカ……旅館の設備、あの人に任せるんじゃなかった！」

冷水の冷さに悲鳴を上げる2人、しかし――。

「……あれ？」

「……うん？」

いつのまにか、アレタも貴崎《きさき》も肩までその湧き水を利用した13度の水風呂に浸かっている。

入った瞬間の冷たさはもうない。ただ、心地いい。

露天に注ぐ陽光。

金髪碧眼《へきがん》の超美人と黒髪ポニテの美少女が水の心地よさに息を吐く。

2人とも、ぽーっと毒気の抜けた顔で空を眺める。

「……妙な状況だわ。なんで貴女《あなた》と一緒にスパを楽しむ事になってるのかしら」

「……こっちの、セリフですよ。まさか貴女とうちのお風呂に一緒に浸かる事になるとは思いませんでした。水ですけど」

「あは」

「ふふ」

どちらからともなく、笑う。そしてアレタが口を開く。

「……どうして、タダヒトなの？」

「……それも、こっちのセリフですよ」

決して2人が目を合わせることはない。だが、声色は穏やかで。

「――ほかにいくらでも相手はいるでしょ？」

「――そっちこそ。その気になれば大統領とかも墜《お》とせるでしょう？」

主語のない会話、これが小説ならきっとわかりにくい会話だろう。

「……タダヒトってよくわからないの」

アレタが、水を手のひらで掬《すく》いながら、ぼそり。

「普段、バカだし、デリカシーないし、連絡返すの遅いし、お酒あまり飲まないし、付き合い悪いし、口も悪いし、ゴミ出しもいつもぎりぎりだし」

「ふふ、それ、わかる。何考えてるか訳わかんないし、デリカシーないし、メッセもスタンプで終わらせるし。絵文字使わないし、少しスケベだし、なのに、子ども扱いしてくるし、口悪いし、今だって、サウナとかマジで意味わかんないし」

貴崎も、伸びをしながら笑って頷く。

「でも、探索の時は彼、凄《すご》く、いいの」

「それ、超わかる、超いいよね、あの人」

同じ表情で、アレタと貴崎が思い浮かべる。遠い何かを見つめるような。

「一緒にいて面白いの」

「わかる、一緒にいたら退屈しない」

水と油のアレタと貴崎、でもその根幹は同じなのかもしれない。

「ピンチの時に嗤《わら》うのが、いいの。あたしがどうしようもなく怖いものを、笑い飛ばしてくれるの。あたしがどこに行っても連れ戻してくれるの」

　アレタが凡人を語る。

「本当に怖い時、嗤うのがいいですよね。私が、もうダメってあきらめても全部吹っ飛ばしてくれそうで。私が折れても無理やり立ち上がらせてくれるから」

　貴崎が凡人を語る。

　言葉は違えども、その記憶は同じ。

　彼女たちはその汚い嗤い声をもう忘れる事は出来ない。

　故に。


「だから、貴女にはあげないわ。絶対に」

「だから、貴女には渡したくないんですよ、絶対に」

　同じものを欲するこの2人は決して相いれない。

「リン・キサキ」

「リンで、いいですよ、アレタ・アシュフィールド。貴女の事嫌いですけど、ものを見る目はよさそうですから」

「あら、そう？　あたしも、アレタでいいわ。貴女の事あまり好きにはなれそうにないけど、センスは悪くないみたいだから」

あは。

ふふ。

顔の良い女たちが、静かに笑う。

「リン。貴女も明日の大規模探索、参加するのよね」

「ええ、遺物収集戦争。ニホンは指定探索者こそ出しませんが、合衆国に同調するようです」

「そっ。楽しみね」

「ええ、楽しみです」

虎のルールを理解できるのは虎のみ。

虎の孤独を理解するのも、虎だけだ。

言葉は少なく、この2人しかわからない法則の下、合意は果たされた。

理解《わか》らせる。

どちらが格上で、どちらが欲しい者を独占する権利を持つのか。

「そろそろ出ましょうか、水風呂、入りすぎは良くないって、タダヒトも言ってたわ」

「ですね。そういえばあの人、ほんといつまでサウナ入ってるつもりなんでしょうか」

アレタと貴崎が水風呂を出――。

ぎい……じゃぶ、じゃぶ。

可も不可もない顔面に、目だけを妙にぎらつかせた男がサウナ室から現れる。

そのまま何度も何度もかけ湯して汗を流す。

2人の美人を完全無視し、水風呂へ、なんの躊躇《ためら》いもなくザブンと。

「っかーはーっ!!」

恥じらいや遠慮などない呻《うめ》き声《ごえ》を上げ、男が水風呂に全てを委ねていた。

そう、コイツはモテない。

「……リン、やっぱ貴女。センス悪いかもよ」

「あは」

アレタの言葉に、貴崎が笑い。

「アレタも、です」

ＴＩＰＳ€　条件達成

味山只人《ただひと》のナイトルーティン。手斧《ておの》に油を塗り、刃を磨く。
存外に楽しいその作業を終え、手斧を枕元に置き、部屋の電気を消す。
眠る寸前の事だった。ヒントが聞こえた。

ＴＩＰＳ€　貴崎凛《りん》と交流を深め、お前に鬼裂の遺言が届いた

「あ？」
暗い天井を眺めつつ、味山が声を漏らして。

ＴＩＰＳ€　条件達成——ＥＤ・ＮＯ[redacted]９【ＶＳ貴[redacted]】

『さあ、捨てたものを拾いに行け』

?◇?◇?


斬り落とされた右腕を、拾う。

「痛え……斬られたぁ……あっち～」

右肘の断面から、うぞり、うぞり、木の根っこのようなものが生えてきて――。

「よし、接着っと。あ～強かった、お前、やるなあ。何者だったんだぁ？　自由の女神とかスフィンクスとか、そこでぶっ倒れてる鎌倉の大仏様より強かったぜ～」

うぞり。斬られた右腕が、くっついた。

男の周りには、死と破壊の痕跡のみ。

壊され尽くした日本の街並み。

寺社仏閣。そして、背後に倒れる巨大な大仏。

「……」

奇妙な骸骨が崩れ落ちている。

古めかしい衣装、狩衣《かりぎぬ》に烏帽子《えぼし》をかぶった奇妙な骸骨。

勝ったのは男の方だ。

もう、〝烏帽子がいこつ〟は喋《しゃべ》らないし、動かない。

《ぴんぽ～ん。あ、どうも、■■■■さん。またやってますね。この前、NYで大暴れしたのじゃ満足しなかったんですね。うわ……コレ、倒しちゃったんすか、なるほどなるほど。じゃあ、功績でーす。〝鬼裂〟を滅ぼしました。〝トロフィー・鬼の首を取った〟を贈呈します》

　頭に響く奇妙なアナウンス。男は顔をしかめて。

「お前、なんかこの前の合衆国の時からキャラ変わってないか？」

《そうすね。これはオイラの予想ですけど、あなたとはなんとなく永い付き合いになりそうなので素で接してみようと思った感じすね。てかそんな事気にしてる場合すか？　日本の指定探索者さんが、おたずね者の[redacted]さんに用事があるみたいですよ》

「……そうか」

　気配は感じていた。冬がすぐ後ろにいるような冷たさに。

　少しして、声が背後から。

「お久しぶりです、[redacted]さん」

「よお、[redacted]、元気だったか？」

　少女がいた。毛先だけ赤く染められたポニーテール。

　男の知る赤いセーラータイプの制服型の探索者装備。

「……はい、あなたのおかげで、元気でした」

「そりゃよかった。今日はどうした？　なんか用か？」

「……[redacted]さん、もう戻ってはくれないんですね」

都市の瓦礫《がれき》が崩れる音。全てこの男の仕業だ。

男は世界を壊すと決めていた。

「んー。だな。悪い。今はこれがやりたいんだ。俺」

男が両腕を広げる、その背後には廃墟《はいきょ》と骸《むくろ》と破壊だけ。

少女が俯《うつむ》く。

すらり。包丁がまな板の上を滑るような音。

少女が腰に佩《は》いた日本刀を鞘《さや》から引き抜いて。

「――あなたを、斬ります。この世を滅ぼさんとする大罪人であるあなたを」

「そうか」

男が少女を見つめる。

「お前、強くなったな」

男がにっと笑った。

「――っ、あなたのおかげです」

もう殺し合うしかないのだと、互いに理解していた。

《あ。やばいっすね、これ。■■家の当主と、鬼裂が揃《そろ》って》

もわり。

斃《たお》れ伏した烏帽子のがいこつから火葬場の煙突煙のようなものが、ゆっくりと少女へ。

「おっと、まじか」

《伝承転生、いや再生のほうっすかね、んーでもなんかそれとも違う気しますね、あーなるほどなるほど、融合してますね、これ。頑張ってください、■■さん。今回は死ぬかもしれませんよ》

　変容していく。

『――良い。当世風にいうならば、ラウンド2、といった所か？』

「げえ、その口調。またかよ、烏帽子がいこつ」

　少女の身体《からだ》に何かが宿る、少女の口を使って何かが喋る。

「魔を討つのは■■の御役目《おやくめ》。ご先祖様、お力添えを」

『いつの世もままならんものよ。さて、今度はその首もらいうけようぞ』

　一つの口で交互に喋りながら、少女の髪がじわり、じわり。

　赤くなり結った髪がばらりと解ける。

「ぎゃはははははは、怖えなあ～。強敵だ。――〝手ぇ貸せ、クソ腕〟」

　ぞ、ぞぞぞぞぞ。男の足元から、樹《き》が生えてくる、尖《とが》り、ねじれ、歪《ゆが》んだ樹。

　それは数多《あまた》の現代英雄《指定探索者》を屠《ほふ》り、世界を壊さんとする腑分《ふわ》けされた部位〝腕〟の力。

「目標前方、世界の敵。――■■■■、駆除します」

「■■■■の探索記録。目標、前方。日本指定探索者、■■■。全力で、始末する」

　男が少女に最初に教えた探索者の基本点呼、目標確認、懐かしい話で。

「■崎■」

少女が刀を上段に構え。

「[redacted]」

男が樹の根を足元に侍《はべ》らせて。

「「探索開始」」

生き残るのはきっと1人しかいない。

◇◇◇◇

「ふがっ……！」

意識が戻る。いつのまにか、眠っていたらしい。

「喉、渇いた……」

寝ぼけ眼でベッドから起き上がる。

1つ動作を行うたびに、微睡《まどろみ》の中に見た夢の記憶は嘘《うそ》のように消えていく。

明るい部屋の中、水を飲みに味山《あじやま》が立ち上がって。

ぞわり。全身が怖気《おぞけ》立つ。

「なんで電気点《つ》いてんだ」

電気は消して寝たはずだ。

ぱ、チ、ん。

電気が唐突に消える、かと思えば再点灯、そして。

「う、わ――」

悲鳴。それも途中で掻《か》き消える。

閃《ひらめ》くのは、一筋の光。

それが剣閃《けんせん》だと理解したのは味山の右腕、肘から先が宙を舞った後の話だった。

「は」

漏れる声、悲鳴にすらならない。脳の理解が追いつかない。

右腕、何かが触れる、熱い、熱い、無い。痛い。

赤。

血飛沫《ちしぶき》が、築3年の公営アパートの壁、天井を濡《ぬ》らす。

「敷金が……」

くらり、意識が遠のく。

「う、があ!!」

床を踏み締める。腹に力を入れる。

味山は倒れない。身体を捻《ひね》り、まだ残っている左腕で拳、パンチ。

「ああ!!」

確かな感触。

ようやくここで味山は視覚情報を、本格的に認識出来た。

左の拳、拳骨《げんこつ》の皮がめくれる。
硬い感触。自分の拳が命中した相手を見て、味山は息を漏らした。
「ほ、ね……？」
眼窩《がんか》に、景色を映す瞳はない、その者には皮すらない故に。
顔の中心、突き出るはずの鼻はなく、穴が覗《のぞ》く。
むき出しの歯がずらりと並ぶ。それらを隠す唇もなく。
骸骨。がいこつ。
やつれ、擦《す》れたがいこつがそこにいた。
頭蓋骨は黄ばみ、それ以外の身体の部分は赤黒く染まっている。
まるで、血が固まっているようだ。
味山の腕を斬り飛ばした刀を、肉のない指で握りしめたその姿。
「驚いた。腕を斬り飛ばした直後に殴られるとは。熊次郎以来か」
がいこつが口を開かずに喋った。
その声はしわがれ、それでいて腹の底に響く胆《たん》のあるもの。
「っ！」
味山がベッドに背中から倒れ込み、枕元の手斧を手に取る。
スプリングの跳ね返りそのままに、カバーも取らず手斧を思い切り上段に振りかぶる。
考えはない。反射による反撃。

やらなければ殺される。

「型もなし、才もなし、柔もなし。筋はそこそこ、しかし天賦のものでなく練によるもの。弱い、弱すぎる。だが」

味山が真顔で手斧を振りかぶって。

「だが、瞬時に殺しにかかる、その胆やよし」

閃き。音もなく、部屋の電灯の明かりを刃が受け、光が走った。

「っゑ」

ぽんっ。

反転、反転、回転。

視界がめちゃくちゃにくるくると廻《まわ》る。どちゃっとした水音が呑気《のんき》に耳に届く。

なんの感覚もない。斧《おの》を握る感覚も、全てが消えて、離れた。

あれ?

味山の視界に最後に映るのは、首のない身体が膝をつき崩れる光景。

首の断面から噴水のように血が噴き出し、部屋を血の海に。

「久方ぶり、よな」

ぶじ。

首だけになった味山のこめかみに、刀の先が突き刺さった。

◇◇◇◇

「首っ！！……い？」

ちちちち、ぴちちち。窓の外から、鳥の声がした。

カーテンの裏地に光が揺らめく、朝、だ。

「……マジかよ」

首は、繋《つな》がっている。

夢――？

「うわ」

味山がテーブルに置いてあるそれに気づいた。

「おいおいおいおい、やめなさいよ、ほんとに」

机の上、漆塗りの器が置いてあって。

「……粉？」

白い粉が、器に。

ＴＩＰＳ€　神秘の残り滓《かす》〝鬼裂の骨粉〟

「うわ」

聞き覚えのある名詞が、耳に響く。

TIPS€　食せば、平安最恐と謳《うた》われた古い怪異狩りの業を得る。濃い血の繋がりや宿命がなくとも継がれるモノもある。これはきっと、誰も知らない偉業への古い報酬だ

「怪奇現象すぎるだろ」

不気味すぎた。

神秘の残り滓。夢の中に出てくるガス男の言うオカルトアイテム。

キュウセンボウはまだいい。あれはなんやかんや味山がきちんと購入したものだ。

だが、これは不気味すぎる。

TIPS€　戦力を揃えろ。探索を全うするために

「ええ……」

ピンポイントで、ヒントが囁《ささや》く。

詳細不明の怪しい力、しかし、この囁き声が今まで嘘をついた事はない。


――援護して、タダヒト。

「……仕方ねえ。ついていくしかねえんなら」

だが、凡人に選択の余地はない。

「……よし！　サラサラしてるし、ココアにでも溶かすか！」

味山は考えるのをやめた。

今日は仕事だ。時間を無駄に出来ない。

味山はふたつまみほどの骨粉、それが入っている器をキッチンへ。

「えーとココア、ココア」

徳用粉ココアの袋。冷蔵庫に半分残っていた豆乳。

ガスコンロに小鍋を置き、ココア粉末を目分量、豆乳を適当に入れてかき混ぜる。

茶色い粉が、豆乳に沈み、ダマになって浮かぶ。それを火にかけた。

「ふむ……珍味と思えばいけるか？　でも、骨かァ……まあ骨せんべいとかあるし、セーフか」

味山は皿に盛られた鬼裂の骨粉を人差し指でつまみ感触を確かめる。

これはきっと火にかけても水には溶けない。

「えーと、この辺に、確かあったよな……お、みっけ」

戸棚から丸いビンを取り出す。

「蜂蜜かけたら、大抵のモノはいけるんだ」

小皿に移した骨粉に、スプーンで掬《すく》った蜂蜜をかけていく。

コハクのように蜂蜜に閉じ込められた骨粉。

ぼちゃん、それをそのままココアにシュート！

「鬼裂の骨粉、いただきます!!」

ぐびり。ぬるめのココアを呷《あお》る。

少しジャリジャリした感覚が舌を撫《な》でた。口の中が、甘い。

「……ふう。ごちそうさまでした」

喉を鳴らし、ココアを最後まで飲み干した。

TIPS€　YOU ATE MYSTERY《お前は神秘を食べた》

TIPS€　超越者、〝鬼裂〟を取り込んだ。尋常ならざる武と古い呪《まじな》いはお前の探索を助けるだろう。経験点を使用することにより〝鬼裂の業〟を再現出来る。

耳に響くヒント。キュウセンボウの時と同じだ。

「鬼裂の業……？」

ＴＩＰＳ€　〝鬼裂の業〟。平安最恐の怪異狩りの武の再現、一時的に技能〝戦闘適性〟、〝武器扱い〟〝対怪物戦闘〟〝明鏡止水〟などの複数の身体系技能を使用できる。その動きは今世における英雄、指定探索者と並ぶだろう

「マジか、指定探索者並みの動きって、アルファチームと？……あ、やべ、時間」

気づけば時刻はもう8時。9時には家を出なければいけない。

味山《あじやま》は、時計代わりのＴＶを流し、身支度を始める。

「歯磨きしねえと……」

ふんふーんと鼻歌を奏でつつ、洗面所に向かう味山。ニュースの内容は聞こえていない。

誰もいなくなった部屋、ＴＶが流れ続ける。

唐突に流れるクラシックの音楽。

ぶつっ。

ニュースの映像が突如切り替わって、雄大な草原の映像へ――。

人名のテロップが流れ、それを女性の声が読み上げていく。

《本日、２０２８年10月7日土曜日のニュースです》

《スカイ・ルーン、アナスタシア・ホーレン、グレン・ウォーカー、ブレナ・クリントン、ロダン・クリストファー、曹宇辰、李依依、ラムダ・ボーギン、名瀬瀬奈、貴崎凛、坂田《さかた》

時臣《ときおみ》、カーラ・ロス、エリック・パーカレット、エイヴォル・スラバニ、他数百余名の上級探索者、並びに軍関係者――ハイネ・ルーシアン――》
《以上が本日のバベルの大穴の犠牲者です》

ぶつっ。
ひとりでに、ＴＶが消え、次の瞬間には星座占いのコーナーへ。
味山がそれに気づくことはなかった。
探索が、始まる。

第5話 ■【上級探索者・遠山鳴人捜索任務 その1】

～2028年10月7日土曜日、バベルの大穴、第二階層〝大草原地帯〟にて～

「車酔いした……」

流れるような雄大な大草原のスリルドライブはようやく終わった。

軍用車のドアを開け、味山が青い顔で外へ。

現代ダンジョン、バベルの大穴。

地下に拡《ひろ》がる異世界、その第二階層。大草原地帯。

一面の緑の大地。地上のサバンナを緑豊かにしたような大地が広がる。

流れる風、草花の香り、外の空気だ。

「タダ、だから酔い止め飲んどけって言ったのに」

「ふむ、アジヤマはそういえば軍用車両に慣れていなかったね」

「んー、よく寝たー。ありがと、チャールズ中尉、わざわざ運転してくれて」

四輪駆動の軍用車から同乗していたアルファチームが降りてくる。

「お疲れ様です、アルファチームの皆様、そしてアシュフィールド特別少佐、光栄です」

運転手がアレタに向け、敬礼を。

黒いプロテクターに無骨なガスマスク姿。軍人用のダンジョン装備。

シエラチーム。

合衆国の特殊部隊から選出されたエリート集団。

元合衆国の軍人であるアレタやソフィとは知己らしい。

「ようこそベータ前線基地へ。他国の指定探索者たちを集めての最終ブリーフィングの準備が整っています」

ぐわん。

入り口、重い鉄製のゲートが開く。

ここはバベルの大穴第二層階・ベータ前線基地。

第一階層とつながるエレベーターエリアの周囲に探索者組合が設立した基地のひとつ。

今回の仕事はここをベースキャンプに設定、補給と休息もここで可能だ。

「すげえ……なんだ、ここ」

「ああ、そういえばタダヒトは前線基地使うの初めてよね。ここの配給のドーナツ、チョコ系はいまいちだけどクリーム系はおすすめよ」

「へー、楽しみだ」

ゲートをくぐり、鋼鉄の防護壁に囲まれた基地内へ。

機関銃付きの装甲車、表層から電波を中継するための衛星設備、多数のテント。

周囲を囲む鋼鉄の壁には少数の見張り兵や、ドローンが行きかっている。

その基地内で最も味山の目を引いたものがある。

「うそ、マジか」

「ああ、アジヤマ、見るのは初めてかい？　ラド——いや、試作人型機動兵器。いわゆる戦闘用のロボット兵器だね、ダンジョンで採掘できるレアメタルの出現で実現した次世代の兵器さ」

8メートルほどの鉄の巨体。濃い緑の迷彩柄に、武骨なボディ。

「うおお……マジか、マジか。しゃ、写真とかは……」

「——チッ。……申し訳ありません、ミスター星ク……いえ、味山探索者。基地内での撮影は全てお断りしています。……素人が」

「あ、はい」

軍人さん、アレタやソフィに対するものと明らかに違う態度だ。

「……グレン、なんかガスマスクの軍人さん、機嫌悪いのか？　舌打ちされたんだけど」

「えっ？　シエラチームは合衆国のエリート中のエリート集団っすよ。そんな態度悪いわけないでしょ」

「いやでも……」

味山が何を言ってもグレンはキョトンと顔を傾ける。

どうやら今のやりとりは味山しか認識していないらしい。

「あれが、アレタ・アシュフィールドの補佐……」

「探索に……紛れて……」

「相応《ふさわ》しくない……死体……処分……許可……」

「まだ、出てない……許可出れば……」

「なんで、あんなニホン人が……」

「寄生……ヒモ……星屑《ほしくず》……」

ぼそ、ぼそ。

周囲を歩くガスマスクの部隊。

嫌な部分だけが断片的に聞こえた。

「グレン？　やっぱおかしいって。なんか死体とか処分とかボソボソ言ってるって。聞こえたもの！」

「タダ、気のせいっす。気のせい。彼らは合衆国の部隊から選ばれた精鋭中の精鋭っすよ。仕事に私情を挟むわけないっすよ」

プヒーとグレンがため息をつく。

とぼけた態度の褐色イケメン難聴男を少し殴ろうかと考え始めた時だ。

「すみません、お2人ともいかがなさいましたか？」

「あ、いや、その……」

女性の声。ガスマスクの部隊、シエラチームの1人が声をかけてきた。

「あー、すんませんっす。うちのメンバー、ちょっとまだサポートチームとの探索に慣れてなくて……はしゃいでるだけっすからお構いなく」

「あはは。そうですか。何か気になる事があれば、お声をおかけください、……あのロボット、初めて見るとびっくりしますよね、でもロボットって言うと怒る人とかもいるんですよ、変ですね。ふふ」

友好的な態度のガスマスクの女性がそっと囁《ささや》いてくる。

味山はこのガスマスクが少し可愛《かわい》く見えてきた。

「ほら、タダ。人当たりもよく何も問題ないじゃないっすか」

「そ、そうだな、良かった、てっきりまたいつものアシュフィールドの腰巾着、寄生野郎扱いかと……あいつのファン、過激な奴《やつ》多くてよー」

味山はへらへら笑いながら、去っていくガスマスクの女性を見送る。

ひらり、彼女が去り際、紙のようなものを落とした。

「あ、なんか落とし――」

味山が固まった。

写真だ。

大きなイチゴクレープに満面の笑みでかぶりつく金髪の美女。

その表情はあどけなくどこか少女のような面影もある。

味山はその表情を見慣れてる。

アレタの写真――だがどう見ても隠し撮りの構図の写真で。

「嘘《うそ》つくな！　現実を見ろ！　こいつらやっぱりアシュフィールドの厄介オタクじゃ――」

「俺は何も見てないっす」

「グレン君」

ぞくり。背筋が震える。ゆっくり振り返る。

「写真……返して頂いても？」

「あ、ハイ」

無機質な赤いアイ部分に汗だらけの味山の顔が映る。

「……写真を見ましたか？」

「イイエ」

地獄のトカゲが言葉を喋《しゃべ》ったような威圧感のある声。

味山はアレタの隠し撮り写真を丁寧にガスマスクの女性へと渡した。

「……探索中、背後にはお気を付けを」

「ハイ」

女性ガスマスクがすっと低い声でぼそり、離れていく。

「クソ……ニホン人……」

「星が見ていないところで……」

「怪物の仕業……見せかけて……」

今、気づいた。基地内の全ての軍人がやばい。

「グレン君、説明して」

「……アレタさんの人気はマジでやばいんすよ、特に軍は古巣という事もあってマジで英雄＋アイドル＋女神みたいな人気なんす、彼女の写真やグッズはもはや通貨代わりになるほどの」

「カルト宗教の話か？」

「いえ、世界最強国の軍の話っす」

「世も末だな」

「で、タダ、アンタはそんなカリスマ的英雄のずっと空席だった補佐に選ばれた男っす。誰しもがその役を任命するのを一度は夢見る場所に、ぴょこんと急に収まった人間っていうか」

「わかりやすく言うと？」

「熱狂的ファンを多数抱える伝説のアイドルを急にファンクラブにすら入っていない奴がかすめ取ったみたいな。BSS《ぼくがさきにすきだったのに》って奴っすね」

「大罪じゃん、死人が出るよ」

「なんだ、わかってるじゃないすか」

　にこっとグレンが笑う、味山《あじやま》も笑い、そして。

「やべえじゃん!!　軍人に殺意抱かれるのはヤバいって！」

「大丈夫、落ち着け、タダ！　アレタさんがいる限り直接的な手出しはない――はず！」

「はず！　じゃダメなんだよ！」

味山とグレン、やいのやいのと騒いでいると。

「どうしたの、タダヒト？」

ひょこっといつのまにかアレタがこちらに歩調を合わせていた。

「アシュフィールド、いや、その……」

アレタの名前を味山が呼んだ瞬間。

「「「「……」」」」

基地中の人間、アレタのガチ恋勢たちが無言になる。

獣が牙をむく瞬間の静寂とよく似ていた。

「……いや、すまん、なんでも、ない」

「あは、なにそれ、珍しい、緊張してるの？　ほら、深呼吸、タダヒト」

にへら、とアレタが微笑《ほほえ》み、ばしばしと肩を叩《たた》いてくる。

普段であれば気にもしないやり取りだが――。

「「「「…………………」」」」

基地が、静かだ。なぜか、空中のドローンも味山にカメラを向けていた。

「アシュフィールド、すまん、今はその、やめてくれ」

「え？……あ、ああ、ごめんなさい、少し、慣れ慣れしかった？　ごめんね？　ふざけてるとかじゃなかったのだけれども」

叱られた柴犬《しばいぬ》のような顔で、アレタが小さく笑う。

「「「「…………！！！！」」」」

どうやらこれもダメらしい。

アレタに素気《すげ》なくする事で、もはや無言で佇《たたず》む機動兵器ですらモノアイを味山の方へ。

自我があるのかい？　味山が訝《いぶか》しむ。

「はあ……アレタ、いいかい？」

「あら。ソフィ、どうしたの？」

「……ほら、どうやらこの基地の紳士淑女の皆は君のことが気になって仕方ないみたいだよ？」

「え？　ああ――ハァイ、みんな久しぶり。元気にしてた？　今日はよろしくね、頼りにしてるわ！」

「「「「「HOOOOOO！！！！　YES　MY・STAR！！！！」」」」」

味山への視線やらなんやらが一気に消える。

アレタが手を振る度、笑顔を振りまく度に基地内で歓声が沸き続けて。

「クラーク先生……ありが――」

「なあに、気にするなよ、アジヤマ。……ところでさっきアレタに聞いたのだが」

ぽんぽんと、ソフィが背伸びしつつ味山の肩を叩く。

「なんだクラーク……あれ、先生、クラーク先生？　やだ、ちょっと力強い……？　強くない？」

以前、怪物種28号大鷲《アルゲンタヴィス》に身体《からだ》を掴《つか》まれた時の事を思い出す。

あっという間にソフィに、洒落《しやれ》にならない力強さで肩を掴まれた。

最も厄介なアレタのガチオタクが凶暴な小動物、イタチのような目つきでそこに。

「アレタの水着は可愛かったかい？」

「ひっ」

彼女の片目、望遠鏡型の戦闘用義眼がキュイーンといい音を奏でた。

「あーあ」

グレンの間延びした声。

「アジヤマ、なぜ目を逸《そ》らすんだい？　アジヤマ、こっちを見るんだ、アジヤマ」

「すまん、美少女と目を合わせるのは緊張するんだ」

「ならば、頰の一つでも赤くしてみなよ」

背伸びしつつ、ガンつけてくるソフィから目を逸らし続け、一番大きな建物に入る。

ひんやりした空気、そこはまるで高級ホテルのエントランスのような空間だった。

向こう側に人だかり、こちらに気づいた数人が駆け寄ってきて。

「あ！　アレタ先輩！　こっちです、こっちー！」

「え、カーラさん、もしかしてあの人が……？」

「あら、カーラに、そっちの子は初めましてね、アレタ・アシュフィールドです、よろしく」

「わあああああ、か、感激です、あの、あの、私、ハイネ・ルーシアン軍曹です、このベータ基地のゴリアテ《機動兵器》のパイロットで！」

「あら、すごい。表にあったロボットは貴女《あなた》の相棒なのね。あは、もしもの時は頼りにしてるわ」

アレタが朗らかに軍服姿の美少女たちと交流を始める。

味山はそのメンツに目を見張る。

「おいおい、あの子、確か指定探索者じゃなかったか？　雑誌で見たことあんぞ」

金髪ツインテにスポーツキャップとインナー姿の美少女、見覚えがある。

「ふむ、カーラ・ロスかい？　ああ、〝独立狙撃〟のTACネームを持つ合衆国の指定探索者さ、基地につくのは我々が最後みたいだね。どこかで見た顔がちらほらといるよ」

血走っていた目つきのソフィも落ち着いたらしい。

味山にそっと声をかけてくる。

「向こうのソファに座っているのもほとんど指定探索者だね。UEの〝王剣〟、ほう、大陸の〝晴嵐《せいらん》〟と〝春風《しゅんぷう》〟、おっと連邦からは〝くるみ割り〟かい？　トップ層の指定探索者もちらほらいるね」

ソフィの視線の向こう側。確かにセレブオーラを纏《まと》う美男美女たちが朗らかに談笑している。

「……あらぁ、無粋な視線……なにかと思えばぁ、赤髪さんじゃないのぉ」

「げ、嫌な奴に見つかった、アジヤマ、目を合わせるな、あの女はめんどくさい」

「指定探索者はどいつもこいつも癖あるからなあ、了解」

「あはは、無視されちゃったぁ、傷つくわぁ。どうしましょう、礼儀を教えてやるべきかしらぁ」

豊かな金のミドルカットのぱっつん前髪美女がすうっと目を細め。

TIPS€　警告・號級《ごうきゅう》　遺物の発動の予兆を確認

「やべ、クラーク」

「む？」

ソフィは気づいていないようだ。味山が反射的に、ヒントの言う通り警戒して。

「あらぁ……ふふふ。勘の良いのがいるものねぇ」

残念そうに、その女がため息をつく。

「くるみ割り、どうかしましたか？」

彼女の隣にいた白いスーツ姿で王子様系の超イケメンが声をかける。

「いえ、別にぃ、……もしかしてあの冴《さ》えないのが52番目の星の補佐かしらぁ。まあ、気のせいだと思うけどぉ」

指定探索者が、味山を見つめながらグラスに入った酒を少し舐《な》める。

「……クラーク、なんか感じ悪いのがいるけどどうする？　いっちょかましてくるか？」

「君は臆病な癖に血の気が多いな。大丈夫さ、どうせ全員――アレタの格下だ」

ぞわっ。

ソフィの何気ない一言、同時にフロアの温度が一気に下がった感覚。

寒気のする無表情で各国の指定探索者たちがこちらを見てくる。

「おっと、本当の事を言われて傷ついたかい？……どこの誰とは言わないが、次、我々に必要のない遺物を用いた示威行為を示した場合は、そうだな、アレタを出すまでもない、ワタシが話を聞こう、いいかな、それで」

にいいっと、ソフィが笑う。どうやら彼女も気づいてはいたらしい。

「「「「……」」」」

個人でありながら軍事力と認められた存在、それが指定探索者。

それの争いとはつまり、国家間における争い、戦争の予行にすらなりうるもので。

「ソフィ、どうしたの？」

「あ、アレタ……こほん、いやいやなんでもないとも。うん」

きょとんと、遊びに参加してきた柴犬のような顔でアレタが現れる。

それだけで、部屋に満ちていた圧が霧散した。

嵐がすべてをさらっていくように。

「ふーん、ならいいけど。あ、聞いた？　なんでも今回、ルーンも参加するみたいよ、彼女はもう先遣隊として大草原にいるみたいだけど」

「あの女までいるのかい？　やだなあ、会いたくないなあ」

アレタとソフィが朗らかに会話する。

ほかの指定探索者がその様子をじっと見つめていた。

星のまばゆさに目を焦がすようにも、恨めしそうにも、どっちにも見えるような目つきで。

「そろったようだな、各位、ご多忙の折、本作戦に参加してもらえることを嬉《うれ》しく思うよ」

「あ、アリーシャだ」

ロビーの中央にいつのまにか彼女、アリーシャ・ブルームーンがいた。

よく通るハスキーボイスが部屋に響く。

「よく集まってくれた。早速だが仕事の話を始める」

ぶうん。どこからともなく大草原地帯のエリアマップのＡＲ映像が浮かび上がる。

「大まかな仕事の説明はすでに組合が説明している通り、諸君の仕事は遠山鳴人《とおやまなるひと》の捜索だ。今回のブリーフィングでは本作戦の細かい伝達のみを行う、――アルトマン、自己紹介しておけ」

「え!? じ、自己紹介!? ちょっと聞いてないんですけど——あっ。こほん、こほん、初めまして、指定探索者の皆様、レア・アルトマン。バベル島公文書館の管理人です」

アリーシャに促されて、部屋の中央に現れたのは灰色の髪に眼鏡、ベレー帽をかぶった女性だ。

病的なほどに白い肌に、ピンク色の虹彩《こうさい》。華奢《きゃしゃ》な体は争いとは無縁な風体。

「あー……ちょ。ちょっとブルームーンさん！ これで終わりなんだけど、もう言う事とかないんだけど！」

「ふむ、お前に社交性を期待するのも無理か。だが、お前の声を聞かせておくのが大事だろう。簡潔に伝えよう、彼女は探索者ではないが、遺物保有者だ。遺物の効果は〝テレパシー〟まあ、要はSFやファンタジーに出てくる念話だな」

「アリーシャ、なんの話をしているの？」

「最後まで話を聞け、アレタ。ここ最近、バベルの大穴では電波障害が多発している、そのため探索者組合は本作戦中にもし、不測の事態が起きた時にはレア・アルトマンの遺物による伝達手段を諸君に提供する用意がある」

「うー……マジありえない、ダンジョンで仕事しないといけないとか聞いてないし……」

「作戦中、緊急事態においては、遺物によって諸君の頭の中に彼女の声が届くようになる。美声だ、覚えるのは簡単だろう？」

「美声……え、へへ、な、なによ、ほめてもなんにも出ないんですけど」

よく表情の変わるアルトマンを無視し、アリーシャが話を続ける。

「さて、伝達事項はそのくらいだ、ああ。一応探索区域は分けてある。大草原地帯のA～Fのエリアが組合の設定する遠山鳴人の捜索範囲だ。場所の争いはするなよ。任務の期限は酔いに耐えられる最大探索期間である3日間。それでは解散」

アリーシャの話が終わった。

集まった探索者たちがそれぞれ各自のチームごとに固まりだす。

アルファチームも例にもれず、これからの動きを相談しようとして。

「ああ、アルファチーム、お前たちには今回、特別な援軍が組合から用意されている」

「え、シエラチームでしょ？　もう顔合わせは終わってるけど？」

「いや、追加だ、同盟国であるニホンから快く合衆国に協力したいと申し出があってな。聞けば、味山《あじやま》君とも知己の仲だとか」

「え？」

ふらりと現れたアリーシャの言葉、味山が首を傾《かし》げる。

「心強いぞ。なにしろ、史上最速で上級探索者になった天才の率いるチームだ」

「あ？」

「どうも、こんにちは！　アルファチームの皆さん！」

「「あ！」」

響いた声に、味山とアレタが目を丸くする。

「今日はよろしくお願いします！　浅学非才の身ですが、皆さんの探索のお邪魔はしないように努力するので！」

5人ほどの若い男女のグループ、その中から黒髪ポニテの美少女が駆け寄ってきて。

「貴崎凛《きさきりん》です、ほら、みんなも自己紹介して」

学生探索者。

特異な才能を持つ選別されたエリートたち。

「ああ。リン、そういう事ね、よろしく」

「ええ、アレタ、良い探索を」

何やら知らないうちに仲良くなっているっぽいアレタと貴崎。

昨日のサウナが効いたのか。味山が少し誇らしい気持ちになりつつ。

「あ」

そいつはそこにいた。

長身、すらりと長い手足に、サラサラの黒いマッシュヘア。少女漫画に出てくる美男子に似た目鼻の整った女ウケする綺麗《きれい》な顔。

「――坂田時臣《さかたときおみ》です、よろしくお願いします」

芋感のある味山とは対照的なさわやかな美青年がそこに。

貼り付けたような笑みを浮かべて。

「お久しぶりです、味山さん」

「ああ、久しぶり、坂田くん」
2人のどちらも握手を差しだすことはなく、顔合わせは終わった。

◇坂◇田◇

人間を区別すると2種類に分ける事が出来る。
持ってる奴《やつ》と持ってない奴。
前者にはこの世を楽しむ権利が与えられる。
人間の感じる最大の幸福を得る権利だ。他人を好きなように支配出来る事だ。
持ってない奴は知らない。
自分の魅力で、自分の才能で、自分の力で他人を支配する時の快感を。
「俺は知ってる」
美しい恋をしている男女がいた。
幼い頃に結婚の約束をした幼馴染《おさななじみ》。
男は真面目で誠実。女は純朴で清楚《せいそ》。
誰しもが理想とする男女の在り方。

――もうアレはいらない、貴方《あなた》さえいればいい、貴方がいい。全部捧《ささ》げるから、貴方のものにして。

1ヶ月と7日。

それが女の寝室で、俺が女からその言葉を引き出すまでにかかった時間。

咽《む》せ返るような雌の匂いと熱の漂う暗闇の中、俺の身体《からだ》に女の視線が釘付《くぎづ》けになる。

その男女の17年間は俺のたったそれだけの時間で全て終わった。

それだけじゃない。

俺は才能の使い方をよく知っている。

愛し合い連れ添う夫婦を、喧嘩《けんか》しつつも心を通わせている恋人を、試練を乗り越えて結ばれた男女を。

——あの人じゃ、ダメなの！　もう貴方じゃないと！

——アイツはあたしに、貴方みたいに可愛《かわい》いって言ってくれないし
——彼はあくまで協力関係にあっただけの友人さ。今は別の男の話なんてどうでもいい
全て支配してきた。

顔、身体、話し方、頭脳も外見も俺は全部持っていた。

他人を支配する側の人間だ、俺は持っている側の人間だ。

持ってない奴には権利がない。

あの男は持っていない。ただ、

その話を昔、アイツにしたことがある。格の違いを教えてやりたかった。

なのに、アイツは――。


――ほーん、刺されねえように気をつけろよ。


本気で興味がなさそうだった。

なんなんだ、コイツは。

なんで、凛は、こんな奴を。凛、凛、ああ、凛。

俺は本物を知っている。

凛は本物だ。そして俺と同じだ。

違うのはアイツは持ってるのに、その気になれば俺と全く同じことが俺以上にできるのに。


――別に、どうでもいい。


いつもつまらなそうにしていた。

女なのに、お前だけは俺の思い通りにはならなかった。

俺はお前の本当の顔が見たかった。

その綺麗で、でもとても寂しそうな仮面を剥いでやりたかった。

お前の退屈を、俺が――。


――ぎゃはははははははは!!


汚ねえ笑い声が耳から離れない。

俺の全部を台無しにしたあのうざってえ嗤《わら》い声が。

初めての探索。

初めて見た本物の怪物種に腰が抜けて動けない俺たちの目の前で、アイツは笑っていた。


「――綺麗」


――あ?

なんだよ、凛。今、なんて。

その、顔。なんで。なんだそれ。

ダメだ、やめろ、嫌だ、嫌だ、そいつだけはダメだ!! ありえないだろ!?

なんで、そんな、いやだ。

俺の知らない顔で、あんな奴を見て――。

◇◇◇◇

『シエラ6、クリア』

『シエラ5、クリア』

『シエラ4、クリア』

『シエラ3、クリア』

『シエラ2、了解。全車両、ダイヤモンドフォーメーションを維持。怪物種を発見しだい報告せよ』

「「「ウィルコ」」」

飛び交う無線。

大草原を装甲車の車列が徐行しつつ進む。

ひし形の陣形でそれぞれの視界をカバー、周囲をチェックしながら進む。

アルファチームの乗る車両はこのダイヤモンド型陣形の中心だ。

「……車での探索、快適だな」

「普段、斥候してるのを代わりにやってもらってるっすからね」

「アレタ、我々に当てがわれた調査地点までもう少しだ。調子はどうかな？」

「問題ないわ、ソフィ。今のところは順調ね」

ＴＩＰＳ€　第二階層の８割を占める〝大草原地帯〟には多くの怪物種が存在している。その中でも特に〝怪物種87号ソウゲンオオジグモ〟、〝怪物種21号カブラヒクイドリ〟、〝怪物種55号ドン・カピバラ〟などの強力な捕食者には注意するといい

　探索者のセオリーは、いかに怪物種との戦闘を避けるかにある。

　このダイヤモンド型陣形は早期発見により怪物種との戦闘を避けるためのものだ。

「だけど、こうも開けた場所はなあ……」

「タダヒト、緊張してるの？」

「緊張と気疲れ。人見知りなもんでな」

「ふふ、大丈夫よ。シエラチームは慣れてる。あたしが軍にいた頃から陸軍のダンジョン攻略室の直属だったのよ」

　低い木がぽつぽつと生え、後はただ雄大な草原が広がり続けるその地帯を彼らは進む。

「ああ、そりゃ心強い――」

ＴＩＰＳ€　警告・近くに〝ソウゲンオオジグモ〟の巣がある。このまま進めばすぐに車両の音で気づかれ、地中から奇襲されるぞ

「――アシュフィールド、車止められるか？」

響くヒント。味山《あじやま》がアレタに声をかける。

「え、どうしたの？」

「嫌な予感がする。補佐として、一旦、停車を進言する」

耳に響くヒントが――なんて説明したら精神鑑定にまわされかねない。

「……ジョークじゃなさそうね、聞こえてた？　チャールズ中尉？」

「……アシュフィールド特別少佐、車両のレーダーに反応はありません。特に異常はないかと」

だが残念、やはりこのガスマスクの部隊には嫌われているらしい。

発言力が足りないようだ――

「シエラ2。ごめんね、勘違いさせたみたい。――提案してる訳じゃないの。命令よ、タダヒトの言う通りにして」

「失礼いたしました！　了解！　シエラ2より各員へ！　車両を停止せよ、繰り返す、停車だ」

底冷えするような確固たる声。瞬時に運転手がそれに従う。

「これでいい？　タダヒト」

にんまり笑うアレタ。味山はこくこくと頷《うなず》くしかない。

先日、自分がこの女と真正面から戦った事が夢のように思えてきた。

「…………」

「…………おお」

「……ふう」

車が停《と》まる。ガスマスクの隊員たちとついでにソフィは俯《うつむ》いて動かない。

52番目の星のプレッシャーをもろに浴びたからだろうか。

味山はなんとか車内の空気を元に戻さなければと――。

「……聞いたか、シエラ7、今、俺に向けて52番目の星が……」

「……良かったです。下腹にキマした」

「最高、だったな」

「……録音してなかったよ。チャールズ君、この車両の音声データは……」

「ご安心を、クラーク特別少佐。――録音済みです」

「グレイト」

無敵か？　こいつら。

車両の列が完全に停車した。

『シエラ2、こちらシエラ4、ダイヤモンドフォーメーションのまま全車停車した、次はどうする？』

『シエラ2、こちらシエラ5。ＩＦＦ《敵味方識別レーダー》によるとすでに連邦や大陸国家勢力のチームはそれぞれの調査地点に向かっている。合衆国の想定捜索範囲にも連中はやってくる。成果を横取りされるぞ』

突然の停車命令に、皆納得はしていないらしい。

『こちらシエラ6。我らが星の命令だ。停車に不服はない。だが……車内通信でやりとりが聞こえた。……これを進言した補佐探索者殿は、発言に責任が伴うことを理解してるのか？』

『どうだか。民間上がりの探索者様は慎重であらされるようで』

無線からは不満たらたらの言葉、訓練された兵士とは思えない言動。

ダンジョン酔いの下で、人間は理性を保つ事が難しいのだ。

探索者ではない彼らはひどく、悪酔いしていた。

そして、たとえ探索者であっても――。

『こちら、ニホンチーム、坂田《さかた》時臣《ときおみ》です。発言、よろしいですか？』

「どうぞ」

『同行する班としても、シエラチームの意見に賛成です。現状、他の国に後れをとるのは得策ではない、それに、アルファチームのニホン人探索者の言葉には根拠がない』

味山只人《ただひと》は昔から坂田時臣に嫌われている。理由はよくわからないが。

『僕は彼と昔組んでいたので知っています。彼は斥候で優れた技能を持ってるわけでもない。……口だけ、注目されたくて適当なことを言ってるのでは？』

「ずいぶんと嫌われてるわね、タダヒト」

「らしいな。生ゴミを口の中に突っ込んだのはまずかったか」

「ん～？　なんだっけその話、どこかで聞いた事があるような……」

アレタが味山の言葉に腕組みした時だった。

『――責任を取れるんですか？』

「あ？」

『貴方《あなた》に聞いてるんです、味山只人。この選択の責任、あんたは取ってくれるのか？』

潮時だ。

これ以上はガキの喧嘩《けんか》に付き合わされることになる。味山が坂田に言い返そうとして。

「ガキ。言葉を選べよ」

だが、それよりも先にキレた奴がいた。

グレン・ウォーカーだ。

普段とはまるで口調も声色も違う。

『……俺は、ただ、味山只人の根拠のない言葉に命を賭ける事が出来ないだけですよ』

「アジヤマタダヒトが適当な事を言ってるって根拠はあるのかよ」

『……そんなの常識的に考えればわかる』

「常識？　てかまず、お前は、誰だよ」

『えっ』

「俺はお前のことなんか知らねえ。でもタダの事は知ってる。コイツが探索の時に嘘《うそ》をつかない事、コイツの嫌な予感がよく当たる事、組んでまだ短いけど命を助けられた事もある、それで、お前は？」

グレンの顔、牙をむく猛獣のような顔。

「お前はどこの誰で、なんの権利で俺のダチをバカにしてんだ」

『――別に、バカになんてしてねえだろ』

坂田の上品ぶった皮がすぐに剝がれる。おびえた子供が強がる口調にも聞こえた。

「黙れよ、俺がそう感じたんだ、お前程度がなめた口きいていい奴《やつ》じゃねえんすよ」

『……知るかよ』

ブツッ。通信が切れる。

「ぐ、グレン？」

「……すまん、悪い。少し、言い過ぎたかも」

いつものさわやか悪ガキスマイルを浮かべつつ、グレンが言葉を続ける。

「……でも、タダ。お前はあんな奴にバカにされていい人間じゃねえんすよ」

「ふむ、言いたい事は大体我が助手が言ってしまったね」

「仲良いのね。さて、タダヒト、グレンがここまで貴方を評価してくれてる、あたしたちアルファチームはあなたの価値を知ってるけど、ここにいる皆はそうじゃない、だから」

アルファチームは皆知っている。

「彼らを黙らせることが出来る？」

彼女が選んだ、彼女だけの右腕の実力を。

「もちろん」

味山が目を瞑《つぶ》り。

「聞かせろ、クソ耳」

そっと、小声で。誰にも聞こえないように。

味山にしか聞こえないそのヒント。

クソゲーハードモードダンジョンの即死の罠《わな》すらそのヒントの前には意味を成さない。

ＴＩＰＳ€　前方20メートル先、方位12時の方向、地中12メートルに3体のソウゲンオオジグモがいる、最近車道の下に巣を作ったようだ。ああ、もう人間の味を覚えているぞ

「前方20メートル先、方位12時の方向、地中12メートル。3体のソウゲンオオジグモの巣だ。最近出来たらしい、車道の真下にある」

「……なぜわかる？」

「チャールズ君、キミはアレタに何度も同じ事を言わせるつもりかい？」

レスバの強い女《ソフィ》が助け船を出してくれた。味方の時は心強い。

「了解、失礼いたしました。各員、聞いていたな？　レーダー装備の使用を開始しろ」

『はいはいっと。補佐探索者殿のご命令とあらば。チッ、腰巾着が……』

『そう言うなよ、何かしないと仕事した気にならないんだろ？　今回のお守りのＶＩＰ様のお言葉だ。シエラ4、地中調査レーダー走破開始』

『無能な働き者は軍であれば死罪に等しいもんだけどな。シエラ6、調査開始』

通信から返答が。

グレンがそわそわした表情を浮かべ。

ソフィは目を瞑る。

そしてアレタは――。

『『えッ』』

「ビンゴ」

アレタがにっと、本当にうれしそうに笑って。

「……どうした、各員、状況報告を」

『し、シエラ5、地中レーダーに反応あり……』

『シエラ4、こっちもだ……！』

『シエラ6、レーダー波の反応確認……な、なんで、ドンピシャだ……』

「要点を、各員報告せよ」

運転手のガスマスクの言葉に、各車両からの無線が返ってくる。

『い、いる……地中に』

『サイズ判明……少なくとも8メートル以上……』

『反射波による外観データが出ます……八本脚……蜘蛛《くも》だ……』

『地中にいる蜘蛛型の怪物種って、まさか本当に？』

『ソウゲンオオジグモしかいない。なんで……わかったんだ？』

「……シエラチーム各員へ告ぐ。怪物種87号〝ソウゲンオオジグモ〟の早期発見に成功、これより迂回《うかい》を取る」

「タダヒト、お手柄」

「どうもどうも」

「……味山補佐探索者殿」

「あ、はい」

ガスマスクの男がハンドルを握ったまま呟《つぶや》く。

「無礼を謝りたい、先ほどまでの我々の態度、優秀な探索者へ向けていいものではなかった」

「あ、ああ。どうも」

軍人の態度が一気に軟化した。

明らかに車内の空気が変わる。

実力と結果によってのみ勝ち取れる信頼もある。ダンジョンも地上も同じだ。

アレタが誰よりもその有様を嬉《うれ》しそうに眺めていた。

「さて、話もついた所で、アルファ、シエラ各員へ、アルファリーダーからお知らせです」

「うん？」

「ソウゲンオオジグモの発見、お疲れ様でした。本来の探索者のドクトリン《教義》であれば迂回し、会敵を回避でいいんですが――」

「おい、嫌な予感がしてきたぞ」

「このソウゲンオオジグモ、放置するのはあまりに危険です。ですが、今、皆さんを消耗させるのも悪手です。なので――ソフィ？」

「1％未満だよ、アレタ」

『なにをする気ですか？　アレタ・アシュフィールド』

貴崎《きさき》からの通信にアレタが笑って。

「よく見ててよ、リン・キサキ。貴女《あなた》が追いつくべき場所の光景を」

車列が止まる。

2人が車外へ。

探索者は基本的に怪物種との戦闘を避けるべきだ、だが。

『――シエラチーム各員、周辺警戒、それだけでいい。星が出る』

指定探索者ならば、話は別だ。

「ごめんね、恨みはないけど……狩るわ」

車外に出たアレタ、彼女の周りにだけ風が吹き始め。

「ＢＯＭＢ」

ぱちん、長くきれいな指が鳴らされ。

収縮された風、嵐が前方の地面を破裂させる。

「モォオオォ」

えぐられた地面からよろよろと這《は》い出る、巨大な体軀《たいく》の蜘蛛の化け物。

角度によっては戦車砲すら弾《はじ》く甲殻は巨大な爪に裂かれたかのごとくボロボロに。

地面ごと、嵐によって潰された怪物種が息絶えた。

誰しもが、その英雄の理外の力にしばらくの間、何も言えなくて。

「ブイっ！」

アレタが振り返り、満面の笑みでピースサイン。

「『おっふ』」

星の光にその目を焼かれた者たちは、初恋よりもその身を焦がし。

『52番目の星……』

才能を持つと自覚していた探索者たちは本物の凄烈さに目を剝《む》き。

「つよ」

凡人の呟きは、アレタを讃《たた》える歓声に塗りつぶされていった。

『こちら先頭車両シエラ3、そろそろ捜索対象の予想捜索地域、エリアCに到着します、現状の行程に大きな支障はなし』

「中央車両、シエラ2、了解。フォーメーションを維持し進行せよ」

「ふむ、チャールズ君。現場に到着したのちの捜索プランは？」

「はい。現状はまずトオヤマナルヒトの遺体捜索から始めます。遺物が残留している可能性が高い。いかがですか？　クラーク特別少佐殿」

「ふむ、いい判断だ、異論はないよ」

ソウゲンオオジグモとの遭遇以降、特にトラブルなく探索は進む。

「なんとか大したトラブルもなく到着しそうね」

「ソウゲンオオジグモとの遭遇、普通は大したトラブルなんだが」

「あら。でもあなたのおかげでトラブルじゃなくなったわ。正直、奇襲されてたら全員無事とはいかなかったかもしれないし」

アレタの言葉に味山《あじやま》は首を振る。

「お前がいれば奇襲受けても平気だったろ」

「どうして？」

「お前が全部助ける」

「あは。わかってるじゃない、タダヒト」

眼《め》を細めるアレタ。なぜか機嫌がよさそうだ。

「調子はよさそうだな、ソウゲンオオジグモをあんなぽんぽんと」

「ええ、おかげさまで。誰かさんと比べたら可愛《かわい》いものよ」

「あ？　なんだそりゃ」

「あたしを真正面から殴り飛ばしかねない奴の話」

「なんの話だ。アレタ・アシュフィールドに真っ向から挑んで勝てる生き物なんているかよ」

「あら、いると思うわよ、ええ。想像よりも身近に」

じっと、アレタが味山を見つめる。

南国の紺碧《こんぺき》の海を閉じ込めた瞳が、味山の仏頂面を閉じ込めるように。

「あのクソ耳とか……？」

「うへえ、やめてよね。嫌なもの思い出させないでよ。……でも、アレはいつか必ずあたしが狩るわ」

一気にアレタが顔をしかめる。52番目の星ですらあの怪物は嫌らしい。

だが、それよりも味山が気に入らなかったのは――。

「人の獲物を取るなよ、指定探索者」

「ああ、そうでしたそうでした。そうね、ソロ探索者。あなたの獲物、だったわね」

アレタが満足気に笑う。

クソ耳、耳の怪物。

8月にアレと出会い、殺し合ったことで味山はこの〝ヒントを聴く力〟を得た。

アレタ・アシュフィールドに見いだされ、彼女の補佐となった。

忘れたくても忘れられない恐怖の記憶。

だが、同時にそれは味山が探索者として生きていく事を決定づけた出来事になった。

「探索者、やめてないものね、タダヒト」

「探索者をやめた所で、あのクソ耳が消える訳でもねえ。自分の手で始末しないと安心して過ごせねえよ」

味山只人《ただひと》には夢も信念も目標もない。

ただ、他人よりほんの少しだけでいいから幸せに生きたい。

そんなちっぽけなものしかない。

そんな自分にとってあの化け物は怖すぎる。

だから殺す。そのためには探索者でいる必要がある。

理由はそれだけだ。

『こちらシエラ4。レーダーに反応。識別開始……ＵＥのチームだ』

『シエラ5、こちらでも確認。合衆国のダンジョン攻略室が概算したポイントと同じ位置にいるぞ』

ふと車内に無線が響く。どうやら目的地に先客がいたようだ。

「どうしますか？　アシュフィールド特別少佐、捜索ポイントが重なっていますが」

「ん～そうね。ソフィ？」

「付近のデータから考えて、このエリアCが一番、トオヤマナルヒトの遺留品が残っている可能性が高い。みすみす場所を譲ることもないだろう？」

「OK、貴女が言うなら」

「……すまん。もしかして俺やらかしたか？」

「アジヤマ、何を言ってるんだい、君の進言がなければ死傷者こそ出ないものの、ここまでスムーズに目的地までは到着しなかったさ」

ソフィがプヒーとため息をつきながら味山をなだめて。

「心配いらない。見ててごらん。ワタシたちには星がついている」

まぶしそうに、ソフィの赤い瞳が細められた。

『こんにちは、UEの探索者さん、良い探索日和ね。探し物は見つかったかしら？』

ざざざ、ががが。無線がつながる。

『――お、おい、今の声……！』

『アレタ・アシュフィールドの声じゃないか……？』

『ＩＦＦ《敵味方識別レーダー》確認、合衆国のハンヴィー車《装甲車》列だぞ！　や、べえ本物だ！　ど、どうする？』

『ど、どうするっつったって……』

　明らかに色めき立っている。

『こんにちはー、聞こえてるかしらー？　ハロー？　あたしはアレタ・アシュフィールド。あなたたちと争う気はないけどー、この辺り、あたしたちも探索していいかしら？』

『嘘《うそ》だろ、話しかけられちまった！』

『ばか！　何喜んでんだよ！』

『で、でも。アレタ・アシュフィールドよ？』

『え、待って、じゃあもしかして、ソフィ・Ｍ・クラークもいるの？』

『え、マジ……サイン……じゃないよ！　何名前負けしてんだよ！　クソ、姐《あね》さん！　起きてくださいよっ！　アレタ・アシュフィールドです！　なんか、もう俺らじゃ無理！』

　やけに向こうの無線が騒がしい。

　なにやら騒ぐ声が聞こえて――。

『あ。あー？　あー……なんだ、なんだよ、今日は日曜日だろっつの。イエス様も寝てる日だ、あ？　それは親父《おやじ》の方だったけ？』

『今日は土曜日ですが!?』

「あら、その声、あは、貴女なの？」

　アレタの声が高くなる。ふふっと笑みをこぼす。

「チッ。嫌な奴《やつ》の声が聞こえたものだよ」

　対照的にソフィは舌打ちを。

『あーん？　ああ、その声、アレタ・アシュフィールドに、バカソフィか。よーう、合衆国の愉快な人間兵器ども。どしたァ？　お揃《そろ》いでピクニックかい？』

　陽気な声が通信機器から響いてくる。いや、陽気を超えて、不遜とまで言える。

『ルーン、貴女。まさかさっきまで寝てた？　声がなんか変よ』

『仕方ねえだろー？　こちとらバカ母国と探索者組合にクソほどこき使われてんのよ、ったく〝開拓者〟のポジティブバカと〝魔弾〟のナルシストがくたばっちまったおかげでよー、何が先遣調査だよ、アタシみたいな非力な女を捕まえてよー』

『あは、貴女もなかなかマジメよね』

『そーだよ、私ほどマジメで貞淑な女はいないさ。で、52番目の星殿？　なんか用かい？　私はこう見えて勤労に勤《いそ》しんでてね、愉快なガールズトークなら仕事終わりにバカソフィの家でやろうぜ』

『あら、それは魅力的な提案ね。でも偶然、あたしたちも仕事なの。探し物、いえ、人を探してるの』

『あー？　人間様がスナック菓子みてえに消費されるバベルの大穴で人探し？　アレタ・アシュフィールド、あいかわらず言葉遊びのセンスがねえなあ、それに仕事を選ぶセンスもよ』

『どういう意味かしら？』

『……そのまま車列を進めな、すぐにわかるさ』

「……どうしますか？」

ハンドルを握るシエラ2がアレタへ確認をする。

「彼女に敵対する気はなさそうよ。進みましょう」

「……なんか険悪な雰囲気だったけど知り合いか？」

味山がふとグレンに問いかける。

「あー……そっす、ね……実はあの人、センセイやアレタさんには珍しい対等な友達っすよ」

「マジ？　その割にはアシュフィールドの声、キレる数秒前みたいな感じだったぞ」

「ほら、喧嘩《けんか》するほど仲が良い的な」

「指定探索者がそのテンションで交流するのはやめて欲しいな」

車は進む、そして彼らはある光景を目にする事になる。

そう、この仕事は最初から――。

◇◇◇◇

草原に湖があった。

しかしそれは、水が溜《た》まったものではない。

草原の地面を材料にどろどろのシチューをこさえたような。

沈殿現象。バベルの大穴では突如、その地域が溶けて沈みだす事がある。

だが、これはあまりにも広大すぎる、至る所が沼地のように。

そして、一番大きな沈殿地帯は、対岸の見えない巨大な湖のごとく。


『そろそろ見えたか？　52番目の星』

呆気《あっけ》に取られている中、車両に通信が届く。さっきの声だ。

「……ええ、目視で確認した」

『そういう事だ、生きてる訳ねえよ。この任務は始まる前から失敗だったってわけだ』

「これは……」

車両の天窓を開け、ソフィがその光景に目を細める。

「ダンジョン攻略の歴史上、最大規模の〝沈殿現象〟だね。……トオヤマナルヒトの遺体が仮に怪物種に食われてなかったとしても、これに巻き込まれているのなら――」

『そういうこった。トオヤマナルヒトはその死体に宿してた遺物ごとダンジョンに吞《の》まれた。小規模の沈殿現象なら、まだ探しようはあったが、地形そのものが変わってやがる。

……アレタ・アシュフィールド、まだアンタはこの仕事を人探しって言うのかい？』

『…………』

アレタが押し黙る。きっと、彼女だけだった。

今回の依頼、本気で〝トオヤマナルヒト〟の救出を考えていた者は。

「あ、アレタ……」

『場所取りの相談だよな、アレタ・アシュフィールド。私は構わないぜ、ただ、無駄な事になる覚悟はしておけよ』

突き放すような無線の言葉。

しかし、味山《あじやま》にはそれがあまり冷たい言葉には思えなくて。

「どうなさいますか？　アシュフィールド特別少佐。正直、この規模の沈殿現象は異常です。前例がありません」

「そう、ね……」

アレタに迷いが見られる。

手に取るようにわかる、彼女が迷う理由はいつも〝他人〟だ。

彼女の理《ことわり》、他人を救うというそれを優先するか、それとも仲間を危険から遠ざけるために退《ひ》くか。

「アシュフィールド、探そうぜ」

煮凝《にこご》りのような沈黙を終わらせたのは味山だった。

「え？」

『あ？』

「アルファチームの探索者として仕事を、〝遠山鳴人《とおやまなるひと》〟捜索依頼を受けた以上、このままなんの調査もせずに帰るのは職務怠慢だろ」

「……いいの？」

「ろくに調査もせずこのまま帰れないだろ。あ、クラークとグレン、それでいいか？」

「愚問だよ、アジヤマ。こんな大規模なダンジョン現象、調査せずに帰るなんて探索者の名折れさ」

「まー、危険だから、なんて理由で尻込みすんなら、初めから探索者なんてしてないっしょ」

「我々、シエラチームはアルファチームの意向に沿います、命令を」

『あ、すみませーん、こちらニホンチーム。私たちも調査に異論はありません。どうぞー！』

「らしいぞ、アシュフィールド」

味山がにっと笑う、釣られてアレタもふっと頰をほころばせた。

『あー……？　ああ！　ああ！　ヘイヘイヘイヘイ!!　よー、今そこで喋《しゃべ》ってる奴！　お前だよ！　もしかして、あのバカの選んだ補佐、アジヤマタダヒトか!?』

「あ？　え、あ、はい」

『マジかよ!!　あはははは、おい、今の聞いてたか？　あのアレタ・アシュフィールドにマジな意見を通してる奴がいると思ったらよー！　噂《うわさ》の色男かよ！　ヘイ、グリム、気が変わった！　アタシらもエリアＣにこのまま進入、アルファチームと共同で仕事を続ける！』

『マジですか⁉　どうして、急に⁉　さっきまであんなにやる気なかったのに！』

『うるさいんだよ、女心はね、移ろいやすいもんなのさ。その辺理解しないとモテないよ』

『仕事中にそういうのはやめてもらえませんかね⁉』

指定探索者には皆が振り回されているらしい。無線の向こう側も苦労してそうだ。

『へいへい、よう、アレタ・アシュフィールド、前方１００メートル地点で合流だ。まあ、アンタの言うとおり、ここですぐおうちに帰るのもバカらしいしな』

話がまとまった。少なくともこれ以上揉《も》める事はなさそうだ。

車両が再び進みだす。

味山が一息ついて座席に背中を預けた時だ。

「タダヒト」

「うん？」

「ありがと」

アレタがふっと微笑《ほほえ》み、拳を掲げる。

少し安心した表情の彼女に応えようと味山が同じく拳で返事を。

「どういたしま――「おおっとおおお！　アレタ、アレタアレタ！　見てごらんよおお！　すごい、すごいよおお、沈殿現象おおお！」

突然、ソフィ・M・クラークが身を乗り出し、アレタにしなだれかかる。

その目は爛々《らんらん》と輝き、鼻息は荒い。

「見ろ、タダ。脳を破壊されたオタクが必死に推しの興味を引こうとする姿っす、涙を禁じ得ないっすわ」

グレンがよよよと、目元をぬぐいながらつぶやいた。

どうやらソフィ抜きでアレタと交流し続けた所、こうなったらしい。

「何のことだい!?　ワタシはねえ、ただねえ！　先ほどからアジヤマばっかりさあ！　アレタのポイントをさあ！　稼いでないかい？　よくない！　よくないよお！」

「ポイント……？」

「多分、アレタさんの好感度とか、その辺の事を言いたいっぽいっす」

ソフィ係のグレンからの翻訳。味山が首を捻《ひね》って。

「沈殿現象を一緒に眺めようってポイント獲得出来るのか？」

「ウッ」

「ああ……センセイが頭の良い人間が出しちゃいけない鳴き声を……」

「もう、2人とも、ソフィをいじめないの。おいで、ソフィ。大丈夫、あたしは貴女《あなた》も大好きよ」

「ウァアアレタアアアア……信じてたよ、ワタシはあああ。ふへ」

アレタに抱き着いたままソフィがなんやかんや言い出した。

「あ、コイツ、アシュフィールドの胸に顔うずめて笑ったぞ」

「ツラが良いと半ば赦《ゆる》してしまいそうになるっすけど、普通に腹立つっすね」

「おやおや、外野の声が心地いいねえ。アレタはワタシが好きだよねえええ……」

「よしよし、ええ、勿論《もちろん》よ、ソフィ」

親に抱き着くコアラのようなソフィをアレタが撫《な》でている。

これが、国家の軍事力としてカウントされる現代の英雄の姿か？

味山が世の中をしのんでいると――。

「……アジヤマと、どっちが好きだい？」

ぼそり、ソフィがアレタの胸に顔をなすりつけつつ、呟《つぶや》く。

「……どういう意図の質問かしら？　わからないな～。2人とも大事なチームメイトだし」

雲行きが一気に怪しくなってきた。

アレタの笑顔が少し、硬くなっている。

「……ワタシは探索前にアレタとスパに行ったこと、ないんだけどねえ」

「……そうかしら？　でも、ほら、昨日もソフィの家に泊まったじゃない？」

「見ろ、タダ。あれが推しのホストを問い詰める限界オタク姫の姿っす」

「嘆かわしいな。合衆国の未来が心配だよ」

うんうんと腕組みしながら頷《うなず》くグレン。風景を眺める味山。

完全に他人事《ひとごと》モードだったが。

「――アジヤマと入る温泉は気持ちよかったかい？」

放たれるソフィの一言。

ジャコ！　ジャキ！

広い車内に特徴的な音が響く。

シエラチーム全員がなぜか一斉に手持ちの銃器のチェックを始めていた。

ハンドガンを一瞬で解体し組み立てたり、スライドを引いたり。

アサルトライフルの折り畳みストックを展開したり、ショットガンをコッキングさせたり。

よほど銃を撃ちたくなったのか。だとしたら、何に。

「「「……」」」

ガスマスクの無機質アイ部分がてらりと、ダンジョンの天井から注ぐ光を反射していた。

「タダ、お前、死ぬのか？」

「ストレートすぎるだろ、言葉を選べよ」

「これ以上ない言葉のチョイスだと思うっすけど」

グレンが、殺気満タンの兵隊さんたちを眺めて呟き。

『あ、私とも温泉入りましたよねー、味山さん』

新たな爆弾が無線を通じて。

背後の車両、ニホン車両から、貴崎凛《きさきりん》の通信だ。

「……は？」

秒でグレンも敵に回る。虎がキレた時の顔で味山を見つめる。

「今日イチのキレ顔じゃん」

「なに？　タダ……？　今の貴崎凛ちゃんっすよね？　入ったんか？　お風呂？　は？　なんなんだよ！　お前は！　タダ!!」

「好みがわかりやすいんだよ、落ち着け、俺は悪くない」

ふー、ふーと鼻息を荒くした褐色マッチョ、身の危険しかない。

『おい待て、凛。聞いてないぞ。お前、探索の前日は1人になりたいって言ってたよな』

『時臣《ときおみ》には関係ないじゃん』

無線の向こうにも今の発言は影響があったらしい。

探索者にはバカしかいないのか。

「あっちでもなんか始まったぞ。人間関係の妙、だな」

「コイツ、開き直りやがったっす」

じゃっ。タイヤが地面にかみつくような音とともに車が停《と》まった。

「……到着しました、UEの車列もこの先で停車しています、下車されますか？　死ね、アジヤマタダヒト」

『こちらシエラ5、付近に敵性反応はなし、くたばれアジヤマタダヒト』

『こちらはシエラ6、車内のニホンチームの空気が最悪だ。お前のせいだぞ、アジヤマタダヒト』

「バベル語の翻訳が壊れたか？　みんなの言葉、俺の悪口が語尾になってるぞ」

「珍しいこともあるもんすね、自業自得だ、アジヤマタダヒト」

「あちゃー、グレンもかよ」

周りには敵しかいない、ダンジョンなのに怪物よりも人間の方が怖い。

「はい！　もう終わり！　今は探索に集中します！　ソフィ、そんな目しないの、めっ！」

「にゃうん」

アレタに突き放されたソフィが最高に頭の悪い声を出す。

「グレン、もしかしてクラークって……」

――バカなのかい？

さすがに味山は口にはできなかった。

「アレタさんさえ絡まなければこの人は優秀なんす、でもアレタさんがいる時は頭の悪い子猫と同じくらいの生き物になるんす」

「それ探索の時ダメじゃん！　仕事の時のクラークはつまり全部バカな子猫じゃん!!」

やいやい言いながら、車外へ出るアルファチーム。

「調子に乗りやがって……」

先に車から降りていたニホンチーム、坂田《さかた》が吐き捨てる。

彼の視線は、仲間とヘラヘラしている味山《あじやま》だけに向けられていた。

「凛、空気が悪くなる、少し行ってくる」

「時臣」

「なんだ」

「ストップ」

「は？」

「大丈夫だよ、あの人たちはプロだから」

いきりたつ坂田を窘《たしな》める貴崎。彼女がアルファチームを指さして。

「傾聴――アルファ各員」

アレタが直立不動の体勢を取り、声を放った。

「アルファ2《ソフィ・M・クラーク》、ウィルコ」

緩みきった顔が嘘《うそ》のように。ソフィが顔の表情をなくす。

無機質、故に美しい宝石のような顔で。

「アルファ3《グレン・ウォーカー》、イエス・マム」

グレンも同じく。

そこには怒りもおどけも恐怖もない。すっと吹きすさぶ灰のような顔つき。

「アルファ4《味山只人》、了解」

そして、味山も。まっすぐアレタを見る。

「切り替えましょう、我々はすでに人間の領域にはいない。アルファ3、依頼目標の確認を」

カリスマ。

理由なんてないのだ。それを持つ者の言葉は他者を魅せ、行動は他者を動かしていく。

アレタの言葉、それ一つで場の空気が一気に変わった。

「イエス・マム。第二階層でSIA判定《探索中行方不明》を受けた遠山鳴人《とおやまなるひと》の遺体捜索、及び当該探索者が保有していた恐れのある〝未確認遺物〟の仮想敵国よりも先んじての回収です」

アレタの問いにグレンが答える。

そこに先ほどまでの緩んだ姿はどこにもない。

「了解、依頼目標の共有は完了。続いて、アルファ2。この場においてのチームの活動指針、及び当該捜索目標の捜索方法の提案を」

鋭い口調、ハイライトのない蒼《あお》い目が次はソフィを映す。

英雄の視線を、ソフィが受け止めて。

「イエス・マム。捜索目標について、捜索地点エリアCにおいては沈殿現象が激しい。よってシエラチームの地中捜査レーダーの使用をアクションプラン1として提言、またアクションプラン2として付近に生息している〝怪物種〟の生態データをもとに、モンスターネスト《巣》の捜索を立案します」

「アクションプラン2の立案根拠は？」

「は。探索者のSIA《探索中行方不明》判定の要因はその73．8％が〝怪物種による捕食〟によるものです。当該地域、第二階層〝大草原地帯〟においてはソウゲンオオジグモ、一つ目ソウゲンオオザル、ニクショクシロサイ、ドン・カピバラなどの食性が人肉に偏っている怪物種が多数存在しています。そのため、遠山鳴人の遺体に残留している〝未確認遺物〟はすでに怪物種の体内に移譲している可能性があるからです」

「了解、アクションプラン1と2を同時進行する。チャールズ中尉、頼めますか？」

「シエラ2・チャールズ、了解、シエラチームによる地中捜査レーダーの展開を急ぎます」

　機械のようにアルファチームが稼働し始める。

　元軍人であり、今は軍属であるアレタとソフィにより的確に、そして冷静に仕事が進められる。

「続いて、同行するニホンチーム。坂田時臣探索者に問う。ニホンチームの意見をお聞かせ願いたい」

「あ……え……？」

　唐突なアレタの問い。坂田は答えられなかった。

　もうアレタは坂田を見ていない。

「結構。次、上級探索者・貴崎凛、我々のアクションに対し意見はあるか？」

「――それが最善かと存じます、我々ニホンチームはレーダー展開をするシエラチームの周辺警戒を行おうかと思いますが、決定権は貴女《あなた》に」

「頼めるか？」

「はい、アレタ・アシュフィールド」

ニホンチームで星の言葉に委縮しないのは貴崎凛のみ。

英雄の言葉、それに含まれる圧を無視し、対等に言葉を交わす。

「最後にアルファ4……SIA《探索中行方不明》判定から一度、帰還している貴方《あなた》に確認したい。遠山鳴人の生存の可能性について、所感で構わない、意見を」

英雄が凡人に問いかける。

ソフィの提案した作戦もまた、遠山鳴人の死亡を前提とした話だ。

「生存の可能性はゼロに近いだろ。沈殿現象に、怪物種の生態系のホットスポット。それに時間もかなり経《た》っている」

「そう、か」

「だが、変わらず俺たちはあくまで遠山鳴人が生存していることを前提に行動するべきだ」

「――――！」

アレタの目が大きく見開いたのを、ソフィだけが気付いた。

「っ！　反対！　反対だ！　味山只人《ただひと》の言葉は全部――ぶおえ!?」

味山の言葉にだけ威勢よくかみつく坂田、突如うずくまる。

「失礼いたしました、続きを」

「なん。で、凛」

貴崎がサーベル刀の柄《つか》で、坂田のみぞおちを小突いていた。

「うるさい、時臣。醜態をこれ以上さらすな、昔馴染《むかしなじ》みのよしみで目をつむるのも限度がある」

冷たい目で貴崎が坂田を見下ろしていた。

「……なんで」

あちらはあちらで大変のようだ。

「……アルファ4、発言の真意を」

アレタの冷たい目が、味山を見つめる。

今、ここはおどけたトンチや意外性のある発言で注目を集める場ではない。

仕事のために何ができるのかを確認されている場面だ。

「補佐探索者として断言する。方針としてはあくまで救出だ。理由は、アレタ・アシュフィールドのモチベーションのために」

「……説明してもらえる?」

「お前はめちゃくちゃに強いが、メンタル面にムラがあるから」

「……は？」

世界中の誰しもが知る英雄に向けて、凡人が言ってはならないことを。ポロッと。

「オウ……」

「あ、センセ、お気を確かに」

周りの人間が味山の発言に固まる。

ソフィの腰は抜け、グレンがそれを支える。

「あいつ……正気か？」

「……もうダメだろ」

シエラチームの面々もまた本気で引いていた。

「……いいなあ」

唯一、貴崎凛だけが、なぜかその様子を少しうらやましそうに眺めて。

「こんな不安定な状況だ、アレタ・アシュフィールドは万全の状態でいるべきだ。そしてお前が強いのは誰かを助けようとしてる時だろ」

「……カウンセラーにでもなるつもり？」

「資格を取ろうとした時期はある。でも適性検査に落ちちゃってよ。共感性の欠如だって。酷《ひど》いよな」

「いえ、非常によくできた適性検査だと思うのだけど……」

ぼそり、つぶやくアレタ。その通り、この男に他人への共感性はまるでない。

あるのは――。

「まあそれに、さっきも言ったが裏面はどうであれ、最初からどうせ死んでるって諦めて捜索の仕事するのもテンション上がらねえし。以上、意見口述終わり」

初めから救出対象が死んでると思って捜索なんてしたくない。

そのほうが、気分がいい。

夢も信念も目標もない凡人の行動理由は、それだけだった。

「……」

誰しも、そのあまりにも空気の読めない言葉に絶句する中――。

「あっはっはっはっはっは!! ヘイヘイヘイヘイ! なんだよ、今の! あははははははは!! あのアレタ・アシュフィールドがドン引きしてらぁ! すげ～もん見れちまったな～」

明るい声。

いつの間にか、当たり前のようにその女が味山の隣にいた。

緑と金の入り混じる長髪、へそ出しのダメージファッション。耳や唇を飾るバチバチのメタルピアス。

そしてそれら強烈なファッションがひれ伏す圧倒的に美しい顔。

「オオカミみてえだ……」

味山は彼女が狼《おおかみ》に見えた。深い森の中で月夜に吠《ほ》え続けるそんな。

「……ハァイ。ルーン。いやなタイミングでいやな人にいやな所を見られたわね」

「ヘイヘイヘイ、なんだよ～、そんな嬉《うれ》しそうな顔すんなよ～、アレタ・アシュフィールド。ダチだろ～？」

ぱっと、その女がアレタの肩に手を回す。

「今は仕事中なの、適切な距離感で接してちょうだい」

「おっと、なんだよ、いつものスイッチが入ってんじゃないのよ。へえ～でもよ～噂《うわさ》の色男はスイッチの入ったあんたに意見を言えんのかあ～、こりゃ、ルイズのバカの反応が面白そうだな～オイ」

「えっと、誰だ？」

「……ああ、彼女は――」

「お！　あんたが噂の色男だな！　よーう、初めまし、て！」

ふわり。

軽くて、やわらかい、そしてライムの香り。

抱き着かれた、その女に。反応すらできず。

「うお!?」

「ハ？」

「は？」

アレタと貴崎《きさき》の目から光が消えた。

「す～う……ん～、いいねえ、いい匂いだ。きちんと風呂入って運動して鍛えてる男の香りはいいね～、んで、この甘い青い血の匂い、あんた、いい探索者だな～――たくさん怪物を殺してる」

「……うお」

涼しい風が、耳元に。その女の吐息だ。

ぎゅむっと味山《あじやま》の胸板に、ジャケット越しでも豊満とわかるふくらみが押し付けられて。

「いいもの見せてくれた礼だぜ、色男。アタシの名前はスカイ・ルーン。UEの指定探索者だ。視たぜ……あのオレンジナルシスト、魔弾のバカをきっちり見送ってくれてサンキューな」

「オレンジ、魔弾……？　なんで」

「いい男があまり喋《しゃべ》らないのと同じでいい女ってのは秘密があるのさ。知りたいならアタシの部屋のベッドの上で教えてやっても――」

耳に寄せられるルーンの潤った唇が、にっと笑いの形に。

だが、彼女の言葉はそこで終わる。

「そこまで、よ。ルーン」

「指定探索者さん、綺麗《きれい》な髪に虫がついてますよ」

槍《やり》とサーベル。2つの武器が、スカイ・ルーンの首筋にそっと狙いを定めていた。

アレタと貴崎だ。

「――おっと。処女どもはこれだからよ～、本当に大事なものならさっさと唾つけとけよ～」

「あいにく。彼はあたしの（※補佐探索者）だから」

「独占欲の強い方たちですね。味山さんは誰の物でもないですよ。あ、でも私は味山さんが初めて（※探索の同行）ですけど」

「微妙に大切な部分が抜けた言葉だな」

「あー！　やっぱ勝手に飛び出してた！　姐《あね》さん！　何度言ったらわかるんですか！　走行中の車両から勝手に飛び出すのはやめてくださいって！」

　向こう側、合衆国車両とは異なるデザインの装甲車両から、栗色《くりいろ》の髪の人の好《よ》さそうな青年が走りよってくる。

「ん～？　うっせなあ、グリム、そんな怒るなよ、妬《や》いてんのか～？」

「いや、それはないです」

「お、おう、そ、そうか」

「っていうか、やめて、ほんとに目を離した瞬間にほかの探索者と揉《も》めるの！　もうほんとやめて！　うちの国のバカがほんとごめんなさい！」

「グリムよ～あんま気を遣いすぎんなよ～寿命が縮まるぜ～？」

「ルーン、貴女、あんまり周りの人を振り回したらダメよ？」

「おっとアンタにしちゃ悪くないジョークだな。世界で一番そのセリフを言っちゃなんんねえのが自分っだつー自覚はあんのかァ？」

にひひと笑うスカイ・ルーン、きょとんと首を傾《かし》げるアレタ。

指定探索者とはやはりみんなアクが強いらしい。

「ワタシのアレタに馴《な》れ馴《な》れしい態度をとるのはやめてもらえるか？　放蕩女《ほうとうおんな》」

そこに更にアクの強いのが絡み始める。ソフィだ。

「あーん、なんか声が聞こえんなァ～、糞生意気《くそなまいき》ながきんちょの声……おっとっとっと！

これはこれは！　ソフィ・M・クラークじゃねえかあ？　チビすぎて見えなかったぜ。悪い悪い！」

「ハッ。その歳《とし》で老眼かい？　介護をしてくれる相手を今のうちに探しておくことだね」

「心配してくれてありがとよ～金は稼いでるからこっちは安心だっつの～。アンタこそアレタ・アシュフィールドに相変わらずべったりだな～オイ、一緒の棺《ひつぎ》に入るつもりかい？」

「当たり前だが？」

「……あ、そう」

真顔で言い放つソフィに口元を引きつらせて後ずさるルーン。

この2人もそれなりに友誼《ゆうぎ》があるらしい。

「はい、2人とも、仲がいいのはわかったけどそこまでにしましょ。ルーン、彼らが貴女のチーム？」

アレタがルーンと、その背後にいるUEの探索者たちを蒼《あお》い瞳にとらえる。

「まーそんなもんさ。今回の依頼のための臨時メンバーだけどね。だが、もうすっかり仲良しだぜ、なあ、みんな」

「「「はい！　姐さん！」」」

「……あ、はい」

やけにテンションの高いUE探索者たちの返事の後から、疲れ切った顔のUE探索者、グリムが返事を。

味山はその疲れ切った探索者、グリムと呼ばれていた彼に妙にシンパシーを感じる。

「……お疲れ様です」

「……貴方《あなた》もですか」

多くの言葉を交わすことなく、味山とグリムがそっと互いの手を握る。

言葉はなくともそこには天才に振り回されている者同士の奇妙な友情が出来上がっていた。

「あら、珍し。タダヒトが初見の人とトラブル起こしてないわ」

「おい、アシュフィールド、誤解を生むような発言はやめろ。タダヒトが初見の人にトラブルを起こすわけじゃない、初見の人がタダヒトに絡んでくるんだ」

「まあ、大変ね」

半分以上お前が関係してるんだけど。とは口が裂けても言えない味山。

先ほどから背後でガスマスクのシエラチームがまた銃の点検を始めている。

仕事熱心なだけだと信じたい。

「さて、と、じゃあ顔合わせも終わったことだし、ルーン、あたしから提案。うちと組まない？　とりあえずこのエリアで獲物の奪い合いはやめにしましょ？」

「ああ。いいぜ」

アレタとルーンの会話であっけなくすべてが決まった。

「リン、それで構わないかしら」

「ええ、アレタ・アシュ……いえ、ア、アレタ構いませんよ」

アレタが貴崎だけに問う。

先ほどのやり取りのせいか。

すでにニホンチームの中で、アレタが個人として意識しているのは貴崎だけのようだ。

「えっ、おい、凛《りん》、そんな簡単に呑《の》んでいいのかよ。もっと周りの意見を聞いてからでも」

「時臣《ときおみ》、ここは時臣の得意な政治や根回しだけじゃダメなとこだよ。周りの意見って言っても、誰の意見を聞くつもり？　うちのチームの人たちでしょ？」

「それは、当たり前だろ」

「でもさっき、アルファチームに問いかけられたとき、だれも答えなかったよね、あれはなんで？　時臣もそうだった」

「……い、いきなり言われたから」

「……時臣、ここは学校じゃないし、私たちは学生じゃないんだよ」

「り、凛……」

味山はそのやり取りを眺める。

坂田《さかた》時臣はやはり、まだ子供だ。

貴崎よりも4つ上の大学生。

だが中身は所詮好青年風の振る舞いや小賢《こざか》しい言い回しで取り繕ってるだけのガキだ。

「……俺が大人げなかったな」

アレタを本質的に厳しい人間とするならば、味山は本質的にどこまでも冷たい人間だ。

もう味山は坂田時臣を完全に格下と認識した。以降、相手にするつもりすらない。

「……あ？　なに見てんだ、おい」

だが、坂田はそうじゃないらしい。

「おい、味山只人《ただひと》、あんたに言ってんだけど」

「時臣、やめて」

「お前は黙ってろよ、凛！　いつもそうだ、味山、味山って……もうあいつはチームじゃねえのに！　お前はあいつの事ばっかり！」

「なんの話をしてるの？」

貴崎の声色がすっと低くなる。

「おいおいおいおいおい、なんだあ？　痴話喧嘩《ちわげんか》かあ？　そういうのは個人的に嫌いじゃねえけどよ～……クソガキ、時と場所を考えられねえか？」

「さ、さっきまでふざけたことばっか言ってた奴《やつ》のセリフかよ」

「あ～、その辺もわかってねえのか……ニホン支部も質が悪いなあ。あのリン・キサキにこんなん付けてんのかよ、もったいね～」

「──は？」

　雰囲気が悪くなる。

　指定探索者たちがふざけ倒していても、それはあくまでポーズだ。本気じゃない。

　でも、今の坂田は全部本気。

　本気でダンジョンの中にくだらない地上のいざこざを持ち込んでいる。

「ちょっと、ルーン、だめよ、言い過ぎ」

「なんだよ、アレタ。だってそうだろ？　これ迷惑だぜ？　わかってない奴がチームにいんのはよ」

「え？　チーム……？　なんで？　彼は探索者じゃなくて、リンのお手伝いじゃないの？」

　星には人間の気持ちがわからない。

「──は？」

　坂田の動きが完全に止まった。

「え、そうなのか？」

「そうでしょ？　だってさっきもチームの移動中に、アルファチームでもないのに作戦行動に意見してきたり、かと思えばこちらから意見を聞いた時には答えられなかったり。無能な働き者かつ感情的。一番部隊にいてほしくないタイプだもん」

本人には一切悪気はないのだ。

ただアレタからすれば坂田の行動はそうとしか見えなかった。

ただそれだけの話。

「………は？」

エリートのプライドが粉々に砕けていく。

「あ～……その、なんていうか、ご愁傷様。アレタ、あんたほんとあれだな、自分が興味のある人間以外、ほんっとどうでもいいのな」

ルーンの言葉よりもよほどアレタの悪気のない言葉のほうが残酷だった。

「そうでもないと思うけど……うん？　待ってよ、トキオミ・サカタ……どこかで聞いた名前……さっきも車内で……あ！」

アレタが、首をひねって、何かに気づく。

「そ、そうだ、アレタ・アシュフィールド、俺は上級探索者、貴崎凛のチームの――」

「タダヒトをチームから追い出すために集団でリンチしようとして返り討ちにされた子ね！」

「あ？」

英雄がぽんっと手を叩《たた》き。

「それでパパが組合の偉い人でタダヒトの探索者資格の取り消しとかしようとしてた子だわ！　ごめんなさい、人の名前覚えるの苦手なの」

TIPS€　坂田時臣が〝酔い〟に呑まれたぞ

「……ふざけんなよ」

「あら」

その場にいるすべての探索者が気づく。坂田の様子が変わったことに。

〝ダンジョン酔い〟。

ダンジョンでの探索の主力として、軍人ではなく探索者が投入される理由だ。

この酔いへの耐性がなければ、簡単に人はダンジョンに呑まれ、錯乱する。

シエラチームのような特殊な部隊、そして許可を得た探索者以外に銃火器の使用が禁じられているのも同様の理由だ。

「なんなんだよ、さっきから。俺は坂田時臣だぞ。坂田家の長男で、貴崎《きさき》凛の許嫁《いいなずけ》で……」

「時臣、それは昔の話だ。今のあなたは酔っている。落ち着いて」

「うるさい」

味山《あじやま》只人に対するコンプレックス、憎しみにも似た感情。

激しい感情は酔いの呼び水となる。

本来の坂田時臣ならばこの行動は取らない。狡猾《こうかつ》に小賢しく立ち回り、相手を貶《おとし》める。

だが、加速したダンジョン酔いがそれをさせない。

バベルの大穴は人の本質を暴く。

「俺を、馬鹿にするな……」

それがどんなにくだらないものでも。

「俺をそんな目で、見るなよ……」

醜いものでも。

「俺を――」

ぎらついた目。坂田は耐性を超えて完全に酔った。錯乱状態に近い。

今にもアレタへ飛び掛かりそうな足取りだ。

「こりゃ、もうだめだな」

こうなるともう、使い物にはならない。

「……私の責任ですね」

寂しそうな声で貴崎が誰よりも先に、坂田の背後へ。

彼女の手が坂田の首へ、触れる。

その瞬間の話だった。ここはダンジョンだ。

くだらない人間関係の話はここで終わる。

TIPS€　敵だ

「ッ!?　坂田！　貴崎！　どけっ!!」

突如、囁《ささや》くダンジョンのヒント。味山の体は考えるよりも先に坂田を突き飛ばす。

「がはっ！　テメェ！　てめえが、俺を!!　全部、てめえの!!」

突き飛ばした坂田が起き上がり、味山に殴りかかろうとして。

どぐしゃ!!

「えっ」

先ほどまで坂田がいた場所の地面が抉《えぐ》れた。

何かが降ってきて。

抉れた地面は、人間ではない生き物の足跡の形に。

「ひひひひひひひひひひひひひひひひひ!!」

笑い声。

「貴崎！　下がれ!!」

「っ!?」

ひゅん！　味山の言葉に瞬時に従った貴崎の鼻先を何かがかすめた。

なにかが、いる。

「――離れた？」

かと思えば、気配がなくなる。サーベル刀を同時に抜いていた貴崎が辺りを見回す。

「おい、全員周辺警戒、なにかおかしい」

ルーンの言葉にＵＥの探索者たちが一か所に固まろうとして――。

「ぎゃっ!?」

突如、悲鳴が。

坂田だ。急に彼が仰向《あおむ》けに倒れる。

「ぎゃ――あああああ!!　なん、なにか、何かいる!?　ひっ、噛《か》まれた、た、助けっ――」

「――！」

誰もが理解不能の光景に一瞬動きが止ま――

「動くなよ！　坂田ァ！」

――らない。味山だけが瞬時に動き出す。

地面に倒れてもがいている坂田に向かい、なんの躊躇《ためら》いもなく手斧《ておの》を振りかぶる。

「ばっ、何を!?」

「イかれたか!?　アジヤマタダヒト!?」

シエラチームの無数の銃口が味山に向けられる。

「アシュフィールド！」

味山は自分を狙う銃口に目もくれず、仲間の名を叫んだ。それだけで伝わる。

「――射撃停止！　撃つな！」

アレタの声、響く。ガスマスクのシエラチームは銃口を一斉に下げて。

「ナイス。アシュフィールド！」

「ひっ!?」

両手に持ち替えた手斧を、そのまま振り下ろす。

躊躇いのない行動に、もがいている坂田も悲鳴を。

どちゃ。

手斧が、振り下ろされた。肉に突き刺さったような音。

「な……どういうことだ!?」

シエラチームの1人が驚愕《きょうがく》の声を上げる。

手斧の刃が刺さったのは坂田にではない。

その手前、何もない空間に斧は食い込み、そして。

「けけげ、ゲア……！……」

青い血が何もない空間から流れる。

そして、同時にそいつが姿を現した。

空間を割るように現れたのは、白い毛皮、針のような体毛、長い手。

透明になっていた巨大なサルによく似た怪物の背中に斧が食い込んでいた。

「ひ、ひいいいいいいいい」

もがいていた坂田《さかた》が青い血にまみれながらその隙に這《は》って逃げ出す。

いつのまにか、また怪物は透明になって消えている。

「は!? か、怪物種!?」

「嘘《うそ》だろ!? 今、どこから現れた!?」

「透明だ……! ステルスフィールド……!? バカな、怪物が!?」

なまじ知識がある分、シエラチーム、軍人たちの反応は遅れる。

「タダヒト!」

「アシュフィールド!! 怪物種!」

ＴＩＰＳ€　それは人知竜により透明化の特性を与えられている。肉人形の試作品だ

「ヒヒヒヒヒヒヒヒヒヒ」


それが、現れる。何もない場所からぬめりと。

人間が立っていると錯覚する完璧な二足歩行で。

一つ目のサルの怪物。味山に肩口を抉られ、青い血を流しつつ。

「な、怪物種だ！　一つ目ソウゲンオオザル……いや、でかくないか？」

「レーダーに反応はない、何もいなかったのに！」

「どこから出てきた!?」

探索者たちがどよめく。

「一つ目ソウゲンオオザルが透明になるなんて、聞いたことないぞ……」

「シエラ2、指示を……！」

「待て、様子がおかしい、なんだ……あれは」

わかりやすい異変。

その化け物は両手に何かを握っていた。

「嘘だろ、武器持ってねえか、あいつ……」

右手にハンマー、そして――。

「拳銃……？」

ありえない光景。怪物種が人間の武器を握っている。

「ヒヒヒヒ」

「笑ってる……」

「う、わ……」

敵はたった一体の化け物、なのに、探索者たちはその異様さに呑《の》まれ始めて。

「――っ、総員！」

何かがまずい。アレタが声を張ろうとした、寸前――。

「ヒヒ」

ふらり。化け物が拳銃を構えた。その銃口が探索者たちを狙って――。

「げべっ」

「お、やりい！　当たった！」

「え？」

その男の行動がなければだれか1人死んでいたかもしれない。

化け物は明らかに銃の使い方を知っていた。

だが、引き金が引かれる事はなかった。

突然投げられた手斧がスコーン！　怪物の肩に突き立って。

「「「「………え」」」」

「………げ？」

全員の視線が1人に注がれる。

「さっさと駆除しようぜ、駆除！　あ、極力目ん玉は傷つけんなよ！　一つ目ソウゲンオオザルの目玉は高く売れるから！　相場で30万だぜ、30万!!」

拳を突き上げて怪物を指し示す味山がわめく。

「……あは、あはははははは！　そうね、確かに状態が悪いと組合の卸が値引いちゃうもの」

おなかを押さえて嗤《わら》い出すアレタ。

その背後ではソフィが目を押さえて肩を震わせ、グレンが満足そうににやりと笑う。

「ははあ……なるほど、アレタ・アシュフィールドが選ぶだけはある、ってか」

スカイ・ルーンもまた笑う。

「オオオオオ……」

べじゅち。自分の肩に刺さった手斧を引き抜き、怪物が唸《うな》る。

前傾姿勢、ハンマーを引きずり、拳銃を構えた大猿が牙をむき出しにして。

「いい面《つら》になってきたな、さっきよりよほど怪物らしい」

ちょうどいい、味山は己の中に意識を集中。

鬼裂、ココアで飲んだあの神秘をここで使って――。

TIPS€　鬼裂は答えない。お前が本当に味山只人《ただひと》であるかを試している

「は？」

耳《みみ》の大力《たいりき》や九千坊の時と同じように力を使えるとばかり思っていた味山が口を開ける。

「敵は1体だ、対応する、シエラチーム、包囲せよ」

「手に持っている武器……探索者道具に見える、警戒せよ」

「射撃合図を待つ、誤射に注意」

銃火器を構えたシエラチームがゆっくり円形に広がり、化け物を囲んでいく。

TIPS€　遠山鳴人《とおやまなるひと》のやり残しだ。甲殻製戦闘用金槌《かなづち》4号と旧式M1911ハンドガンは奴《やつ》の遺品だ

「……アシュフィールド、こいつ、手掛かりだ。トオヤマナルヒトとやり合って生き残った奴だ」

「なんでわかるの？」

「──あいつの武器、遠山鳴人の装備品だ」

「いつもの勘かしら？」

「……おう」

「──了解、ならいいわ、あたしがやる」

「アシュフィールド特別少佐？」

ふっと、集団から抜け出すアレタ。羽織っていた探索コートをソフィに預けそのまま前へ。

「シエラチーム、待機だよ。化け物の相手はアレタがする。っす〜ふ〜」

大真面目な顔で告げるソフィ。

アレタのコートにそっと顔をうずめて確実に深呼吸していた。

「「「ハッ」」」

シエラチームが展開する円の陣形。

まるでコロシアムのような空間の中、52番目の星と怪物が相対する。

「ヒヒヒヒヒ」

「いやな笑い方をするわね、まるで人間みたい」

体格の差は歴然。

英雄の両手には細身の黒い投槍《なげやり》が二振り。

怪物の大きな手にはハンマーと拳銃。

互いにゆっくりと動き始める。

アレタの手に握られた槍の先が草花を敷き詰めた地面を搔《か》いた。

風が吹いて、決着は一瞬。

ハンマーを握った化け物が地面を飛ぶように走り、それを叩《たた》きつける。

英雄がそれを当たり前に躱《かわ》して、叩きつけた腕を踏み抜く。

「ご、ボォ……」

喉元に槍を生やしたサルの口から、青い血が溢《あふ》れた。

二振りの槍が、猛牛の角が如《ごと》く構えられ、怪物の喉元をえぐり貫いた。

「ひ。び、あ」

震える手、怪物の手に握られた拳銃の銃口が英雄に向けられて。

「1キル」

喉から引き抜かれた槍、それが顎を下から貫き、脳天まで串刺しにした。

「ひ、ひ」

その化け物はもう動かない。

だが、手に握った武器を最後まで手放す事はなかった。

「シエラチーム、この化け物の武器、使用者の判別はできるかしら？」

怪物種相手になんの小細工もなく、真正面から白兵戦で捻《ひね》りつぶした女。

彼女は汗ひとつ掻いていない。

「前線基地に持ち帰れば可能です、回収しましょう」

「ん、ありがと、お願いね」

周りの探索者たちは絶句する。

自分たちの常識のはるか上に存在する最強の探索者に恐怖に似たものを覚えていた。

「やべえな、あいつやっぱ」

「ひゅ～やるねぇ～」

「すんすん、良い」

味山《あじやま》と一部の探索者だけがその様子をいつもの事だと受け入れて。

淡々と探索は続いていく。

味山が車両に運ばれていく怪物の死骸とそいつが持っていた武器を眺めた。

「良い武器、使ってたんだな」

もう決して会うことはないだろう同業者の事を少し考え。

「アジヤマ、周辺の草花を回収したい、手伝ってくれ」

「あいよ、クラーク」

ほんの少し、手を合わせてすぐにソフィを追った。

「見てごらん、アジヤマ。沈殿現象で採取した草花のサンプルだ。数値がおかしい」

「……よくわかんねえ」

ソフィがかちゃかちゃかちゃと振っている試験管型のガジェット。中には溶けた土が入っている。

渡された端末を見ても、公式のような数字と英語ばかりで何もわからない。

「これはラドンテックが開発した簡易的な物質年代測定器。まあ、簡単に言うなら物の年齢を測る機械なんだが、この溶けた土と草花の数値が〝地質年代〟のものという結果が出ている」

「クラーク先生、バカにもわかるように一言で言うと？」

「ダンジョンは恐竜の生きていた時代よりも前からあった、という事になるね」

「おお、ロマンだな」

「ああ、ロマンだ。だが、今までこんな研究結果は出ていない。サンプルを多く持って帰ろう、島のラボで調査すればもっと何かわかるかもしれない」

「手伝うよ」

「助かるよ、アジヤマ」

周辺の安全を確保し、各自で可能な限りの周辺調査を始める。

そんな時だった。

「おーい、グリム、マジかよ～早めに通信繋《つな》げてくれよ、いろいろ報告しとかねえと組合にぐちぐち言われんのはアタシなんだぜ～？」

少し離れた場所で、可搬式の衛星通信設備を使用しているUEのチームが騒いでいた。

「あの、どうかしたんすか？」

無意識に味山が彼らに話しかける。

「あーん？　いやなに、さっきから一向に前線基地からの定期連絡がねえってうちの雑用係がわめいててよ～、なあグリム」

「はい、こっちからも車両の通信を回してるんですけど、応答がなくて」

「あら、そういえばそうね、チャールズ中尉？　こっちの通信は？」

こちらに気を回していたらしいアレタが味山の代わりに確認してくれた。

「それが……こちらも同様です。先ほどから戦闘報告を試みているのですが、繋がりませんね」

シエラチームからの報告にアレタが首を傾《かし》げて。

「味山さん、今いいですか？　アレタ・アシュフィールドも」

「おお、貴崎《きさき》、お疲れ、ケガねえか？」

「はい。私は大丈夫です。ただ、お恥ずかしい話、チームとしての探索の続行は厳しそうです」

貴崎の視線は座り込んでいる男、坂田時臣《さかたときおみ》に向く。

怪物に噛《か》まれた肩は応急処置が精いっぱい。

ケガもそうだが、あのダンジョン酔いではもう探索の続行は不可能だろう。

「そうね。彼はもう帰還させたほうがいい。ＯＫ、わかった。探索期間は３日ある。簡単な調査を終わらせたら、一度あたしたちも基地へ帰還しましょう」

「……いいのですか？」

「問題なし。沈殿現象の拡大や武器を扱う一つ目ソウゲンオオザルの報告もしなきゃだし。成果がないわけじゃないわ。欲を言えば、ほかのエリアの捜索状況が知りたいけれど……」

「駄目だね、ワタシの端末も反応がない。だが、奇妙だ、電波状況が悪いわけじゃあなさそうだが……」

「設備のしっかりしてる基地通信がうまくいかないの珍しいっすね」

アルファチームのメンツもみな通信のことで頭を悩ませている。

「……嫌な予感がするな」

通信不良というとやはりこの前の探索のことを思い出す味山。

もうあんなホラーはこりごりだ。

《ざ、ざざざざざざ――》
「あ、つながった……こちらUEチーム、グリム・ストック。ベータ基地へ、定期報告通信を」
　アタッシュケースのような機械。
　可搬式のスピーカーダンジョン用衛星電話が機動して――。
《ぎゃあああああああ！！！？？？》
《あああああああああ！！？？？》
《いやだ、死にたくない、死にたくないいいいいい、食べないでえええ、俺の足食べっ――》
《なんだ、なんなんだよ、こいつら!!　どこから出てきたんだ!?　あ、ぎゃ》
《ロボットは!?　指定探索者がいないのならロボットを!?　ゴリアテを使え！　パイロットを呼べ！》
《ロボットじゃない！　機動兵器だ！　もうとっくにゴリアテ《機動兵器》は全機戦ってる!!　〝耳の怪物〟の相手をしてんだよ!!》
《捜索任務に出ている指定探索者を！　〝くるみ割り〟を！　〝独立狙撃〟を！　〝星見〟を！　〝王剣〟を！　〝女史〟を！――　〝52番目の星〟を呼び戻せ！》
《さっきから通信してる！　返事がないんだ!!　頼む、誰か、誰か応答してくれ！　こち

ら、第二階層ベータ前線基地、現在――》

《レア・アルトマンに遺物を使わせろ!! 救援を――》

悲鳴、怒号、爆音、咆哮《ほうこう》。

地獄の音が無線の向こうから響いて。

「…………え?」

「っ! 変わりな、グリム! ヘイ! こちらＵＥ指定探索者、〝星見〟、スカイ・ルーンだ! ベータ基地! 返事しろ! 何があった!?」

「アレタ」

「ええ、基地にアリーシャもいる。今、彼女との秘匿回線を繋いでる、少し待って」

アレタが指定探索者用端末を機動、ＡＲ画面が空中に呼び出し中というメッセージを浮かべて。

「……緊急事態のようですね」

「だな。悪い、貴崎、状況が変わった」

「いえ、問題ありません、対応します」

「おい! 誰でもいい! 返事を! 状況を報告しろ!! 何があった!?」

ひときわ大きなルーンの叫び、一瞬の沈黙の後。

《NOT　HEAD》

「は？」

《NOT　EYES　NOT　ARMS　NOT　BRAIN　I　AM――》

「あ？　クソ！　おい！　返事しろ！　おいって！」

「き、切れた……な、なんですか、今の、歌……？」

悪態をつくルーン、あっけにとられた顔のグリム。

「駄目ね、アリーシャとも繋がらない、基地に何かあったと判断するべきね、ソフィ、それでいい？」

「賛成だよ、アレタ。これはよくない状況だ」

「シエラチーム、すでに車両準備は完了しています」

「そうね、ルーン。貴女《あなた》の遺物で何か視《み》える？」

「待ってろ、今やってる……なんだ、これ……おい、おいおい、冗談になってねえ……」

突然の事態に味山は若干思考がついていかない。

落ち着くために呼吸を鎮めて。

《聞こえますか!?　こちら探索者組合、第二階層ベータ基地、レア・アルトマン！　現在、私の権――じゃない！　遺物を使用して皆さんに直接声を届けています!!》

きいいいいん、突如その場にいた人間全員の頭に声が響いた。

「なんすか、これ、頭の中に、直接……？」

「これって……」

「ブリーフィングで話してた、緊急事態の際の……！」

頭に響く声が、全員に流れ込む。

レア・アルトマンのテレパシーの遺物。それが起動しているということはつまり。

《現在、ベータ基地は大型の不明怪物種の襲撃により壊滅!! 繰り返します！ ベータ基地は壊滅しました！ あ！ わああああああああああ！！？？ やだやだやだ！ 死ぬ!? 空を鮫《さめ》がっ！！？ ああ！ イカが雷を纏《まと》って！！？ キリン!? キリンなのあれが!? 鬣《たてがみ》が炎なんですが！ ５００メートル以上あるダンジョンの天井に頭が届きそうなんですけど!? いやー！ 来ないでー！ アリーシャ・ブルームーン!! マジ話が違うんだけど!! こんな危険って聞いてな——》

「お、おい、どうした!? レア・アルトマン、返事を！ ベータ基地が壊滅!? どういうことだ!?」

ソフィが耳を押さえながら叫ぶ、そして。

《——ああ、クソ、死にかけた。生きてるか？ アルトマン。よし、それだけ喚《わめ》けるなら結構。仕方ない、ダンジョンだ。クジラ以上の大きさの鮫が空を飛ぶことだってあるさ。そのまま遺物を使用しろ、私が話す。その声はソフィか。アルファチームとは少なくともアルトマンの遺物で声がつながったんだな》

全員の頭に直接響くセクシーハスキーボイス。

アリーシャ・ブルームーンの声だ。

「――アリーシャ？　よかった、無事、なのね。状況を」

《アレタか？　時間がない、端的に話す、最悪の事態だ》

アリーシャの声が低くなり。

《――怪物種が地上を目指している》

「――は？」

ダンジョンがある世界の中で、一番やばいパターンが告げられる。

《ベータ基地は突如現れた怪物種の襲撃により壊滅、基地を平らげた怪物種が、第二階層のエレベーターを目指している。我々生き残った人員は後退しつつ、この区域の防衛に努めている。――このままだと奴《やつ》らは第一階層に到達、まあ、そのまま上を目指すんだろうな》

「ちょ、ちょっと、なにそれ……」

「まずいぞ。それが本当だとしたら……国連によるリセットプランの発動条件を満たす」

「……クラーク、そのなんとなくいやな感じプランってなんだ？」

「……すまない、秘匿事項だった」

気まずそうに、ソフィが口をつぐむ。見た事ないほどのバツの悪そうな表情で。

ＴＩＰＳ€　リセットプラン。バベル島誕生時、国連の背後にある〝委員会〟が策定した世界規模のアクションプラン
「お」

ヒントが味山《あじやま》の求めに応じて。

だが、こういうときに囁《ささや》くものは決まって――。

ＴＩＰＳ€　万が一、バベルの大穴から怪物種が地上に現出し、それを24時間以内にバベル島内で処理できなかった場合、合衆国、および近隣同盟国からの核攻撃によりバベル島は処理される
「核攻撃!?　はあ!?　あ――」

「……知ってたのかい、アジヤマ」

「あ、いや、その」

ソフィの問いかけに味山が固まる。答えに瀕《ひん》していた所に――

「せ、センセイ、あれ……」

「なんだい、グレ……」

ソフィが、いや、その場にいたすべての人員が空を見上げた。

《──メイデイ、メイデイ、メイデイ！　誰か、誰か応答を!?　こちら、第二階層ベータ基地所属！　ゴリアテパイロット！　お願い、誰か！　誰か援護を！》

ダンジョンの空を鉄の巨人が飛んで、いや、落ちている。

機体は黒煙を噴き、脚部のブースターからは炎が見える。

必死にもがくように鉄の巨人は空中で何かと格闘しながら腕を振り回して──。


「あれって、まさか、生き残りの機動兵器──！」

「アレタ!?」

「なんだ、あれ……ゴリアテが、襲われてる？」

「何と、戦って……」

「まずい、墜《お》ちるぞ!!」

「退避！　退避！」

爆音。

ナニカにずっとまとわりつかれていたロボットがついに力尽き、地面に墜ちた。

黒煙と土煙を上げて墜落。

《ざざざざざ》

「――!? 救援通信です！ 発信源は、……っ、識別完了、目の前の機動兵器、ゴリアテのパイロットからです」

《――こち、こちら！ こちら！ ベータ基地所属、ゴリアテパイロット、ハイネ・ルーシアン！ 現在、〝耳の怪物〟とこうせ、交戦中……！ 基地からの命令により、耳の怪物を遠ざける遅滞戦闘を――ああ！ 機体損耗率76パーセント！ 脚部損傷、ブースター破損……！ 嘘《うそ》、右腕も動かないっ！ ああ!?》

《――ピピピピ。こちら戦闘補助AI〝フューリー〟です。戦闘中のパイロットに代わり付近の友軍勢力オープン回線に通達、救援要請です。現在私とハイネは〝耳の怪物〟と戦闘中、すでに友軍機のパイロットは全員死亡しました』

もうパイロットは何もわかっていない。代わりにAIの機械音声が通信を。

《助けて……》

「――アルファチーム、援護を。目の前の機動兵器を救います」

英雄が条件反射で動き出す、乗りかけていた車両から飛び出し――。

だが、しかし。

《――ぎゃあああああああああああ、こちら、こちら……第二階層、エレベーターエリア防衛所！　不明怪物種多数襲来!?　駄目だ！　死ぬ！　みんな死ぬ！》

《助けて》《お父さん……ごめん、私食べられちゃった》《娘に、娘に会いたい……》《こんな、死に方、嫌だ……》《もっと、自由に生きてりゃ》《アレタ・アシュフィールド……》

助けを呼ぶ声は一つではなかった。

あらゆる人間の人生が終わっていく声。

「――あ」

選択肢を多く選べるものは時にその多さゆえに迷う。

英雄もまた同じ。一瞬、アレタの動きが止まる。

それが機動兵器とパイロットの運命を決めた。

《――ピピピピ。警告、コックピット内に侵入者――。パイロットの生命が危険。イジェクト、イジェクト、イ――脱出機構損傷》ガシャン、めききききき。

《HELLO。《こんにちは！》NICE TO MEET YOU！《はじめまして！》GOOD GAME NICE FIGHT!!《いい勝負だった！》ENJOY！《さあ、たのしもう！》》

《あ、ああああああああああああああああ!? 〝耳〟!? 耳が、コックピットの中に!! やだやだやだやだああああああああああああ、だれか誰か、助けて!? 来ないで! いやっ! 耳が私の腕を握っ、ダメ、それはそっちには曲がらない――ああああああ!!? 腕ああああああ! 助けて! 助けてええええ! お兄ちゃん! 先輩! フューリー!! ごめんなさいごめんなさいごめんなさ――げびゅ……、あ、おなか、痛い、痛い、痛いいいいいい……やめて、内臓、ぐちゃぐちゃしないでええええええ……え、首、やめ、そこはダメ――曲がらな、抜けっ》ぶちゅ。

《――ピピピピピ。パイロットバイタルオフライン《死亡》》

「あ……」

混線した無線は、機動兵器のAI音声を最後に終了した。

全員の目の前、地面に墜落した鉄の巨人はもう動かない。

1つだけわかるのは今、誰かが1人死んだということだけ。

「お、おい、あれ……なんだよ」

誰かが呟《つぶや》く。

ソレが現れる。

残骸となった機動兵器のコックピットからにゅるり、出てきた。

耳だ。

ぴょこんっ。大きな大きな耳が揺れる。

ヒトの耳。両耳がいびつにつなぎ合わさった姿。

太りすぎた幼児のような体、短い手足、そして首と頭の代わりには大耳がくっついて。

「――――!?」

「――――!???」

異変。誰かが叫ぶ、なのに、声が出ない、いや音が響かない。

まるで世界の消音ボタンが押されたように。

TIPS€　耳の怪物が周囲の音を味わっている

耳の怪物の耳穴が収縮する。

世界にあまねく音をその耳穴がすべて吸い込み咀嚼《そしゃく》する。

機動兵器を素手で壊した化け物が、耳穴をこちらに向けて。

「OH、LONGTIME NO SEE《懐かしいな、会いたかったぜ》」

世界に音が戻って最初に皆が耳にしたのは、耳穴から響くいびつな音。

ＴＩＰＳ€　耳の怪物はこれまで殺した人間の音声を記録している。犠牲者たちの声を繫《つな》ぎ合わせ、言葉を再生しているぞ

べこん。怪物が、機動兵器の残骸から左腕を引き抜く。

もうそれからは悲鳴がしないと理解したのか。

耳穴が、完全に今生きている人間たちの方を向いて。

「GYAHAAHAHAHAAHAHA」

怪物が嗤《わら》っている。

《アレタ・アシュフィールド、聞こえるか。このままではみんな死ぬ》

「アリーシャ……？」

《探索者組合からの緊急依頼。いや、命令だ。トオヤマナルヒト捜索は即時中断。シエラチームの護送の下、即時第二階層エレベーターエリアに参集、その力を振るえ。怪物種をせん滅せよ。人を救い、52番目の星の役割を果たせ》

「――了解、でも、今、目の前に〝耳の怪物〟がいる」

この怪物が目の前の獲物を逃がす事はない。

全長8メートルの機動兵器をすら殺す化け物だ。

《なに？　ゴリアテが3機、足止めをしているはず……いや、そういうことか、化け物め。新世代の主力兵器に10分もかからずとは。……誠に残念だが、ニホンチーム探索者組合

から緊急依頼だ。断ることのできない、な》

「なに？」

アレタの声、硬く。

《リン・キサキ、聞こえるか？》

「はい、聞こえます」

《単刀直入に伝える、組合を代表し、君に〝耳の怪物〟との戦闘を命じる。報酬はニホン円で2億円……すまない》

討伐ではなく戦闘。法外な報酬。そして、〝すまない〟。

アリーシャの言葉の意味がわからないほど、貴崎《きさき》は子供ではなかった。

「拝命します、それが最善でしょう」

「リン……あなた」

「アレタ。そういうことです。お互い役目を果たしましょう」

さわやかさすら感じさせる軽さで、貴崎凛《りん》がこの場で死ぬことに同意した。

組合からの依頼はつまり――。

「ふ、ふざけんな!!　あんな化け物相手に――！　囮《おとり》じゃねえか!!　死ねってことじゃねえか！」

貴崎凛の役目はアルファチームを耳から引き離すための囮、だ。

「ふざけんな、ふざけんなふざけんな！　に、逃げるぞ、凛！　駄目だ！　絶対に、一緒

に、一緒に逃げっ――」

「時臣《ときおみ》は、私と一緒に死んでくれないの？」

「えっ」

坂田《さかた》の足はそこで止まる。

それが全てだ。

「な、なに言ってんだよ、凛、なあ、凛――」

「シエラ2」

「了解」

「あっ」

ガスマスクの男が坂田の後頭部に打撃を喰《く》らわせた。

「悪いが時間が惜しい、ガキは寝る時間だ」

「お手間を」

崩れ落ちた坂田はあっという間に車両に運ばれていく。

その一瞬、後の事だった。

「あれ、耳のかい――？　にこ、どはっ、ぶ」

ぷつっ。

グリム・ストックの頭がさかさまになった。

ねじられた頭。額の位置に顎が、顎の位置に額が。まだ口がぱくぱく動いている。

きっと本人も死んだことに気づいていない。

「は――」

「OH、SORRY!《おっと、もしかしてダメだった?》」

怪物。

指定探索者3名の警戒、死線を容易に越えて。

化け物が、あっという間に1人殺した。

「グリム――糞《くそ》が!!」

「ソフィ!!」

「もうしている!」

反応したのはやはり、指定探索者。

ルーンが見せたことのない憤怒の表情で、腰から大振りのククリナイフを構える。

アレタの指示に、ソフィが虹色の鞭《むち》を振るった。

「OWWWWWWWWWWW!?　UMMMMMMM!?　WOW!?」

準遺物、虹色の紐《ひも》。無限に伸びる鞭の形の装備。

「飛んでけ!　化け物!!」

ソフィのそれが怪物の身体《からだ》に巻き付き、そのまま怪物を投げ飛ばす。

ぼちゃん!　溶けた地面に耳が沈んだ。

「どれくらい持つ!?」

「わからない！　手ごたえがまるでない！　シエラチーム！　車を出せ！　耳の怪物は足が速い！　怪物の死骸も置いていく！　ルーン、グリムの遺体を回収する時間はない！　わかるだろう!?　星見！」

ソフィの指示は的確で、冷静。ルーンが顔をゆがめて。

「っっっ!!　車を出せ！　ＵＥチーム！　合衆国の車についていけ！」

「そんな、グリムは――」

「アタシの命令だ！　指定探索者として命令する！　っ！　グリム・ストックの死体は置いていく！」

「ああ……」

タイヤが地面を噛《か》む。この場を離れる人間と、残る人間に分かれる。

残るのは――１人だけ。

「リン……」

「アレタ、武運を。あの人をよろしく頼みます」

アレタはそれ以上、貴崎凛に何も言えなかった。

車両の直６ターボエンジンがフル稼働。四駆のタイヤが草を巻き散らし、進んでいく。

あっという間に、貴崎凛の姿はもう車両からは見えなくなって。

「貴崎凛が、耳の怪物との戦闘を開始したようです……耳の怪物、追ってきません」

重苦しい空気の中、チャールズの声に誰も返事をしなかった。

貴崎凛の運命を、彼女がこれからどうなるかを、みんな知っていたからだ。

「アルファチーム、点呼を……」

憔悴《しょうすい》しきった声で、何も救えなかった英雄が呟く。

「アルファ2、問題ない」

「アルファ3、いけるっす……え？」

次、アルファ4、その男の返事はいつまで待ってもなく。

「いない……？」

時速100キロの車内。

アレタの声もまた、時速100キロの速度で運ばれる。


「――タダヒトは、どこ？」

しかし、その声はどこか高揚していた。

第8話■【上級探索者、貴崎凛の最期】

あーあ。かっこつけちゃった……。

もう、今からじゃ追いつけないや。

手、震えてる。足、ふわふわしてる。

「まあ、今回は死んじゃうんだろうなあ」

それなりに強くなったから、わかる。

あんな大きなロボットを殺す化け物だよ。

「勝てないよ、死ぬって普通に」

怖い。思いだす。

あの日と同じだ。確か、灰ゴブリンだった。

初めて見る怪物が、怖くて、腰が抜けちゃって。

少しおしっこ滲《にじ》んでたのは、内緒。

「あれは、怖かったなあ」

独り言多いや。でも。許してよ。これから、私、死ぬんだから。

「nnnnnnnnn」

ソフィさんに吹き飛ばされた耳の怪物。

普通に溶けた地面から這《は》い出てきて、あのロボットの残骸のとこにいた。

耳の怪物、その頭の代わりについてる大耳が何かをもちょもちょ包んでる。

「プッ！　ＯＨ……オカアサン、タスケテ、タスケテ、たす、ケて、ごめんなサイ、〝ごめんなさい〟——ＧＹＡＨＡ！」

ころんころん。

耳から吐き出されたものが、草原に転がる。

真っ赤に染まったヘルメット。きっと中身もまだある。

「ほんと最悪」

「ｈｍｍ？」

あ、こっち見た。てか、なに？　なんなの、耳の怪物って。

「まんまじゃん」

子供みたいな体にバカみたいな大きな耳がくっついてる、まんますぎでしょ。

「ＯＨ」

「あ」

ぞわ。

あ、これ、ダメだ、本当に死ぬ。

耳穴が私を見た。それだけで、膝が笑う。

アレタ・アシュフィールドとあの人が最初に見つけて、追い払った？

どうやって？　え？　これと、戦ったの？

「なんで」

戦えたの？

やだ、やだよ、死ぬじゃん。これ。

私、貴崎なのに。

なんで捨て駒にされたの？

いやわかってるよ、それだけ緊急事態なんでしょ？　でも。足止めなら他の指定探索者だっていたじゃん、いや、それも、わかってる、国際問題になるからでしょ？

ある程度耳と戦えて、指定探索者よりも身軽な存在。

あは、あはははは、私じゃん、私しかいないじゃん。

理屈じゃわかる、わかるよ、でもさ、そんなの私に関係ないじゃん。

待って、死にたくない。

まだやりたい事たくさんあるし、おいしいものだって食べたい、大人になりたい。

――処女のまま死にたくない。こんな事ならあの時もっと押しとけばよかった。

水着、すごく恥ずかしかったのにアレタ・アシュフィールドは出てくるし、あの人は最終的にサウナばっかり入り始めるし、意味わかんないし。

あれ、やけに時間が遅くて、思考が速い。これ、知ってる。

これ、走馬灯――。

あ、耳が、もう目の前にいる。耳穴が、あ、手、うわ、血こびりついて――。

「WHAT？（☆）」

「〝昭和〟」

体が勝手に動いた。

気づけば私はサーベル刀を引き抜き、耳の腕を斬っていた。

「OH……NICE《いいね》」

「うわ、秒で？」

ぐちゅり。斬った瞬間、耳の腕が繋《つな》がっている。

そのまま、その腕が振るわれる。

「〝明治〟っあ」

貴崎《きさき》の剣術で最速の型、拳をなます切り。あれ、空？　地面？　え？

気づけば、地面に倒れてた。

ダンジョンでしか咲かない雑草の花がのんきに風に揺られて。

突き出された右ストレート。

それに合わせて刀を振るったら、刀ごと殴り飛ばされた。

なに、この力。斬ったのに……。

あはは。いや、そりゃそうだ。ロボットを素手が解体するんだもん。

きっと拳を斬れてなかったら、今ごろ……。

いや、これダメじゃん、死ぬ。一撃でもまともに当たったら、死ぬ。

え、やだ。

「死にたくない……」

出てきたのは、くだらない一言。かちかち、うるさいのは私の歯の音。

ああ、なんだ、私もみんなと同じくだらなくて退屈な奴《やつ》だったんだ。

「NICE《は》 TO《じ》 ME《め》――」

いつのまにか、耳がまたこんなにも近く。倒れて動けない私に手を向けて。

小さな手、でも、手のひらにはべったり、爪にもびっしり。真っ赤な血が――。

ヘルメットが転がっている、グリムという探索者さんの死体も転がっている。

私も、ああやって死ぬ。

やだ、やだ、やだ。1人で、あんな、死に方、いや――

「ひとりで、死にたくないよう……」

耳の腕が、私の髪の毛を摑《つか》ん――。

「――ET《ま》 YO《し》U《て》『味山《あじやま》ボンバー!!』ユウウウウウウウウウウウウウウ!?」

「え」

耳が、消えた。耳穴から悲鳴を上げて飛んでいく。

サルの化け物の死骸、それがなんか、飛んできてぶつかって、耳が吹き飛んだ。

「ぎゃははははははは、化け物の死骸、置いていく判断はさすがだぜ、クラークの奴」

その笑い声を私は知っている。

「肩の調子いいなー。グルコサミンのサプリ飲んでるからか？」

「……なん、で？」

なんで、いるの。ダメでしょ、いたら。あなた、なんで、行かなきゃダメでしょ。

「よお、貴崎」

「う……ぁ、な、んで、いるの」

声が震える。

ああ、でも、ダメだぁ。

「いや18歳のガキを囮《おとり》にして大人が逃げられるかよ。恥ずかしい」

あなたの声。それだけで下腹部がきゅってなってジーンってする。

口元、にやけて。だめ、もう止まらない。

「貴崎、報酬は山分けな」

「――味山さん、バカですか？」

「バカ言うな、俺の頭は良い」

ああ、彼が笑う。余裕なんてないくせに、きっと本人も後悔したりしてるくせに。

それでもこの人は笑うんだ。私の大好きなあの笑い方で。

「ぎゃははは。2億を山分けで、1億かぁ～？　何買っちまおうかな～、サウナ建てるか。それか南の島に別荘もありだなぁ、いや、ここは手堅く個人携行パワードスーツもあり、か……」

「味山さん」

「あ？」

「私と一緒に死んでくれるんですか？」

「バカ、人間死ぬ時は1人だ」

あなたは決して優しくはない。あなたは誰も必要としてないから。

でも――。

「でも、今日死ぬんなら1人じゃないな、クソ耳に2人仲良く殺されて終わりだ」

「それ、悪くないかも」

「いや、悪いだろ、あいつに殺されるのグロいぞ。人様の叫び声聞くのが趣味のガチ害悪生物だからな」

その姿がどうしようもなく、綺麗《きれい》で。

「手、震えてない。脚、しっかりある」

「当たり前だろ？」

「そうでもないですよ」

アレタ・アシュフィールド。わかるよ、貴女《あなた》がこの人を手放さない理由が。

この人と軽口を交わすの、たのしいもんね。

「なんだそりゃ、まあいいや。やれるか、上級探索者、貴崎凛《りん》」

「当たり前、です！」

刀を構える、あの人も手斧《ておの》を構えて。

「目標前方、耳の怪物、駆除します」

「味山只人《ただひと》の探索記録。目標前方、クソ耳。ここで会ったが100年目。全力で始末する」

ああ、今度はこの人が隣にいる。

今度、今度？　あはは、変なの。まあ、もうなんでもいいや。

「貴崎凛」

「味山只人」

もう、退屈なんて絶対言わない。

「「探索開始」」

TIPS€　戦力が不足している。今のお前と、鬼の血が目覚めていない貴崎凜だけでは奇跡が起きても殺されるだろう

「初《しょ》っ端《ぱな》から下がる事言うなよ」

「え？」

TIPSへの味山のつぶやきに貴崎が首を傾《かし》げる。

「ああ、すまん、独り言」

「ああ、わかります。死ぬ～って時、独り言増えますよね」

「わかる、走馬灯か。ってくらいに早口になる」

「それきっと走馬灯ですよ」

立ち並び、軽口をたたき合う2人の探索者。

舞台は大草原。

目の前には黒煙を上げてたたずむ機動兵器の残骸。

死が当たり前にそこら中に転がっている。

普通に生きてたら忘れてしまうこの世の摂理だけがこの場のルール。

「OUCH《痛え》……」

耳の怪物が立ち上がる。ぷるぷる、短い手を左右に揺らして。

「なんか、こっちに手振ってません？」

「気のせいだろ」

「HELLO《おーい》!!　AZIYAMA《あじやま》！」

「今、名前呼ばれてませんでしたか？」

「気のせいだろ」

貴崎の問いに味山が淡々と答える。

耳の怪物の耳穴がみゅーんと伸びたり、広がったりして。

ぼんっ。怪物の足元の地面が爆発した。瞬間、味山と貴崎の目の前に大きな耳が。

「ひっ――」

貴崎の顔が引きつり。

「LETS　HUG　IT　OUT《抱いてくれよ》！」

耳の怪物が短い手足で味山を抱きしめようと――。

「馴《な》れ馴《な》れしい！」

ぼこぐしゃ。

「WOOOOOOOOO!?　NICE　PUNCHHHHHHHHHHHH」

味山の右ストレートパンチが、たまたまその耳穴に直撃、またバカみたいに耳が吹き飛ぶ。

「よし、当たった！」

「あ、味山さん……今のって」

TIPS€　〝耳《みみ》の大力《たいりき》〟・発動　クールタイム開始

味山只人が得た報酬のひとつ。

兵器を素手で解体する耳の怪物と同等の怪力。

それを一瞬だけ己の体に降ろす力。

「すまん、説明の時間が惜しい、来るぞ」

「……生きて帰れたら説明してくださいよ。味山さん、夏、8月の時はどうやってアレを撃退したんです？」

「殺して殺して殺し続けた。割とプロレスに付き合ってくれるタイプの怪物だ。お前なら、斬れる」

「……その口ぶりだと一度殺しても死なないみたいに聞こえますけど」

「UUUUUUMMMMMM《ふっかーつ、》　RESPORN《げんき》!!」

ぐねり、ぐねり。

耳の怪物はまた立ち上がる。

味山の大力に殴られへちゃげた耳が、元に戻っていく。

パン生地でもこねなおしたみたいに。

「見ての通り。斬ってもつながるし、撃っても塞がるし、潰しても元に戻る」

「生き物の話してます?」

「化け物の話をしてる」

「なるほど、それなら納得です」

貴崎《きさき》がふっと諦めたように笑って。

「お、いい顔になったな、貴崎」

「もう考えるの疲れました」

貴崎凛のスイッチが入る。

「斬り続けます。隙を見て、さっきみたいな大きな一撃を入れてください」

もうここにいるのは、たった1人時間稼ぎの囮にされた女子高生ではない。

「ついてきてください、味山只人」

「了解、上級探索者殿」

歴代史上、最速の昇格者。それはつまり、最も国家戦力《指定探索者》に近いとされる個人。

「貴崎凛、参ります」

最強の捨て駒だ。

TIPS€　貴崎凛に〝ダンジョン酔い〟が満ちた。探索者深度《レベル》Ⅱを確認

貴崎凛は、正しく酔った。頭は冷えて、心は熱く。

ダンジョンが探索者に戦う力を与える。

たん。覚醒した彼女の身体能力。白鳥が水面を蹴るように地面を駆け。

「WHAT?」

「遅い」

ざんっ。

黒いポニテが揺れる、その瞬間、耳の大耳が縦に割れる。

赤熱した貴崎のサーベルの刀身が、耳の肉を断つ。

「OH……」

「まだです」

横なぎに振るわれるサーベル、縦と横、十文字に大耳が分割される。

「GYAっ!?」

「治りにくいでしょ?」

じゅうう、肉が焼ける音。

〝ヒョウモンヒトキリカマキリ〟の鎌刃と熱単子鉱石を素材にした軍刀。

ダンジョン科学で生まれた武装が耳の肉を焼き切り。

「ナイス貴崎」

そこに、味山《あじやま》が遅れて。

「よお！　久しぶり！　クソ耳！　夏ぶりだな」

手斧を振り下ろす。

貴崎の作った斬り傷を広げるような一撃。首の根本へ斧が食い込んで。

ぷしゅー。耳の怪物が血を噴く。

「ふふっ」

「ぎゃははは」

赤い血だ。それに濡《ぬ》れた探索者が笑う。そして。

「GYAHAHAHA」

怪物も笑う。

じゅるうる。

時間が巻き戻っているのではないかと錯覚する光景。

噴き出す血、斬られ空中を舞う4分割された大耳。

それがすべて。

「HEY　COME　ON　BABY《遊ぼうぜ、探索者》」

元通り。生命の倫理すら、耳の怪物を縛ること能《あた》わず。

「味山さん!!」

「クソ！　やっぱ死なねえよな！　そりゃ。じゃ、これならどうだァ!?」

TIPS€　耳《みみ》の大力《たいりき》・使用

「オラァァ！　吹き飛べ！」

前蹴り。なんの洗練もない味山の只《ただ》の暴力、それはしかし、今や耳の怪物の振るうそれと同義――。

「HAHAHA」

味山と耳、両者の力は同等。故にこうして普通に――。

「あ、やべ」

がしり、耳の短い腕が、味山の蹴りを受け止めた。

「まずっ――」

貴崎が駆けだす、だがその瞬間に味山はそのまま。

「ぎゃあああああああああ!?」

「GYAHAHAHAHAHAHAHA!!」

振り回される。

テンション上がったガキがめちゃくちゃにおもちゃを振り回すようだ。

シェイクされる視界、体中の液体がこのままバターになってもおかしくない。

TIPS€　警告。耳《みみ》の大力《たいりき》による耐久、限界。どうにかしろ、耳《みみ》の大力《たいりき》が解けた瞬間、死ぬぞ

「お？」

振り回されながら、味山、ヒントを聞いて閃《ひらめ》く。今の、つまり――。

「放して！」

「ＯＨ……！」

ずっ。耳の怪物の動きが止まる。

貴崎の刀が化け物の両足を薙《な》ぎ、断った。そのままの勢いで唐竹割り、耳が縦に真っ二つ。

すぽん。その勢いで、味山の足が耳の怪物から離れる。

「あ」

「あ」

当然のように味山はそのままの勢いで吹き飛ぶ。

べしゃ、ぐちゃ、どさ。スーパーボールのように転がり、跳ね、ようやく止まる。

「味山さん！　味山さん！　やだ、嘘《うそ》、返事し――」

吹き飛ばされた味山に貴崎が駆け寄って。

「どゥわ!!　死にかけた！　今のはやばかった！」

けろっとした顔で味山が跳ね起きる。土と草だらけになっているが、ケガはない。

「あ……よかった」

TIPS€　耳《みみ》の大力《たいりき》発動中は、お前の肉体は再生を除いて〝耳の怪物〟と同じものになる。簡単に死ぬことはないだろう

「駄目だこれ！　きっついぞ！」

「ですね！　続けてたら多分、いつか死にますね！」

ダンジョンに酔った2人がやけくそになって叫ぶ。

「だが、貴崎、あのにやけ面どうにかしてえな」

「ええ、それ、マジでそうですね」

かと思えば、同時に肉食獣を思わせる顔を浮かべる。

「殺せなくても嫌がらせはしたいな」

「あのへらへら笑ってるように見える耳穴なんとかしたいですね」

ダンジョン酔いが味山と貴崎から、人間としての常識を奪っていく。

ぐねり、ぐねり。貴崎に真っ二つにされた耳はまた元に戻ろうとしている。

この場にまともな生き物はいない。探索者と化け物だけだ。

「貴崎、ひとつ作戦を思いついた」

「なんですか？」

「役割を変えよう、俺が前衛、お前が遊撃。俺があの化け物を削るから隙を見て痛いのぶちこんでくれ」

「……危険ですよ？」

「詳しいことは省くが、タイミングさえ間違えなければ俺に一撃死はない。でも、お前はダメだろ」

〝耳《みみ》の大力《たいりき》〟の使用中なら、耳の怪物の怪力にも対抗する事が出来る。

盾役にはもってこいだ。

「え、ええ、まあ、正直、ロボットを素手でバラバラにする化け物に振り回されてまだ生きてる人の方がおかしいとは思いますけど」

「コツがあるんだ。よし、そういう事で。大丈夫だ、時間さえ稼げばアシュフィールドが全部ひっくり返す」

「……アレタ・アシュフィールドにお礼を言わないと。味山さんを私の援護に回したあの人の判断は間違いじゃなかったって」

貴崎が優しい笑みを浮かべ。

「え？　ああ、いや、これ俺の独断だぞ」

「ふふ、またまた。そうやって。そんなわけ……は？　マジで言ってます？」

「え？」

「え？」

互いに顔を見る。もちろん、耳の怪物の様子にも気を配りつつ。

「……」

「……？」

味山が真顔で首を傾《かし》げる。

貴崎が、少し頬を染め、すぐにそれを打ち消すように首を振って――。

「バカじゃないんですか！！？？　正気ですか!?」

「うお」

「うお、じゃないです！　味山、さん!!　あなた、女心をなんだと思ってるんですか!?　あの状況で、あの抱え込みたがりの英雄から、無断で!?　死地にあなた、勝手に残ったの!?」

「い、いや、だって、本当ならこの捨て石は俺がなるべきだったろ？」

「は？」

「いや～アルファチームっつ～肩書きのせいか？　貴崎じゃなくて俺だろ、残るべきはよ～。まあ、アシュフィールドはそれを口には出せねえだろうし」

「は？」

自身満々で答える味山、固まる貴崎《きさき》。

この男の決定的な欠点。

自分自身への異常なまでの無頓着さ。

寒気がするほどの客観性と合理性。味山は己を捨てる事が簡単にできてしまう。

自分の事しか考えていないのに、自分の命に価値があると思っていない。その矛盾。

「味山さん、なんで……」

「あ？　ああ、エレベーターエリアの心配か？　問題ねえ、アシュフィールドがいるんだ、勝ち確だ」

《聞こえますか！　周囲の探索者!!　こちらはレア・アルトマン！　第二階層、エレベーターエリアの戦況報告！》

きいいん、頭に響く声。あの遺物を利用しての通信だ。

「よし、そろそろだと思ったぜ、アシュフィールド」

耳の怪物をここで足止めした時点で、勝ちだ。

現場に到着したアレタがすべてを蹂躙《じゅうりん》したはず——

《第二階層エレベーターエリア、被害甚大!!　巨大新種怪物種多数襲来！　こ、このままじゃマジで、地上に！　怪物が！》

「——え」

なんで？

その通信は味山が予想していたものとはまるで違うものだった。

「あ、アシュフィールドはまだ、到着してないのか？」

《アレタ・アシュフィールドが、アレタ・アシュフィールドが怪物に食べられた!!　〝水でできた山羊《やぎ》〟みたいな化け物に、食べられた！》

「――は」

《繰り返す！　繰り返す！　付近の指定探索者は第二階層エレベーターエリアに参集！　エレベーターエリア守備隊はその戦力の2割を損耗！　これ以上はマジで無理！》

その通信に味山が呆気《あっけ》に取られて。

「味山さん、来てくれたのはほんとにうれしい、でも、みんながみんな味山さんみたいに強くないんだよ」

「え、え」

「説明してほしいの、言葉が欲しいの。私やアレタみたいな人間は！　あなたみたいに強くない！　あの女が仲間を平気で置いて行くタイプに見える!?」

「……え？」

酔いで茹《ゆだ》っていた味山の脳が急にひんやり。

社畜時代の自我が囁《ささや》く。

上司に報告せずに勝手に商談進めて後戻りできなくなった時と同じ、と。

「やべ」

つまりはそういう事だ。

味山《あじやま》はつい、ノリノリになりすぎていた。ほうれんそう大事。

泣きっ面に蜂、そして悪い事はたて続けに起きる。

《ま、また新種の怪物種が出てきた……！　なんで!?　どこから、どうして、上を目指してんの!?》

「タイミング良すぎだろ。なんでクソ耳と怪物種の大量発生が重なってんだよ……」

味山のつぶやき。

それは本来ならば、人類がこの危機を乗り越えた後に判明する事だ。

だが、味山にそんなプロセスは関係ない。

ヒントを聞く力が囁く。

TIPS€　深層の怪物種たちは〝耳〟から逃げようとしている

TIPS€　耳の怪物だ。こいつがこの混乱を引き起こすためにわざと、深層の怪物を半殺しにして、追い立てた

「は？」

問答無用で最悪の事実が浮かび上がる。

「――味山さん！」

意識をずらしすぎた。

回復を終えた耳の怪物が、大きなお耳をビロビロさせ、味山の眼前にすでに。

「OH、What's the matter? You want to talk about it?《どしたん話聞こうか？》」

その腕が、味山の顔面を狙う。

走馬灯、全部がゆっくり流れる。味山の思考が加速する。

つまり全部、何が悪いかというと、どいつのせいかというと――。

「てめえええええええええのせいじゃねえかああ」

「ＧＹＡ！！？？」

ＴＩＰＳ€　耳《みみ》の大力《たいりき》、連続使用。経験点を大量消費、耳糞《みみくそ》がさらにお前に馴染《なじ》んでいく

地面にヒビが走る。

大力をもって味山が大耳を殴り倒し、地面にたたきつけた。

「オラあああああああああああああこのクソ耳いいいい！　やりやがったなてめえええええええええ、ゴラァァァァァァァァァ!!」

ごっ、ごっ、ごっ。

馬乗りになって耳を味山が殴り続ける。げんこつが血まみれに。

ぜんぶ、全部。こいつのせいだった。

浅い怒り、焦燥感、やらかしてしまった事のショック。

すべての感情がいら立ちに変換され、化け物へとぶつけられる。

「OHOHOHOHO、GYAHAHAHAHA!!　GOOOOOD《いいね》!!」

「何笑《わろ》てんねん！！！！」

ごおおん！　羽交い締めにしていた耳の耳穴《ダンジョン》に手斧《ておの》をそのまま叩《たた》きつける。

つぶれたトマトみたいになった肉片が草原にシミを残す。

だが、それは戦術ミス。

味山はここで耳《みみ》の大力《たいりき》を使いすぎるべきではなかった。

「UUUPSSSS！……BUT、ちっちっちっち」

「あ、しまっ——」

大耳が潰れてなお、耳は死せず。

にょきっと、ゴムのように伸びた腕が地面を伝い、真上から味山へ向かって振り下ろされ。

TIPS€　耳《みみ》の大力《たいりき》、クールタイム中

怪物の力に耐えるための技能も、感情に任せて無駄遣いしてしまった。

「やべ」

「味山さん！」

貴崎の援護も、間に合わない。

TIPS€ YOU DIE

死ぬ。

耳の怪物に頭をつぶされて即死。そのあときっと、貴崎も殺される。

それが現代ダンジョン、バベルの大穴。ルールはひとつ、狩るか、狩られるか。

TIPS€ 条件達成・アルファチームとの友好度が高い状態で耳の怪物との戦闘を始める。さらに、条件達成・ソフィ・M・クラークからの評価が〝仲間〟以上の状態で、遅滞戦闘に参加する。特殊条件達成・肉人形・〝魔弾〟を葬る。グリム・ストックが死亡する

TIPS€ 更に条件達成・パイロット・ハイネ・ルーシアンが死亡した状態で、AI〝フューリー〟の予備電源が生き残っている

ＴＩＰＳ€　特殊イベント〝リベンジマッチ〟が発生。ＤＥＡＤＥＮＤは持ち越しだ

ブロロロロロロ!!

鳴り響くＶ８エンジン音が、ヒントの声をかき消して。

「ロックンロールだ!!　クソども！」

草花を散らし、駆けてきたのは黒塗りの装甲車、ボディに〝ＵＥ〟のロゴ。

「ＯＨ？」

しゅばん!!　伸びた耳の腕が、くるくる宙を舞う。

血を噴きだしながら回る様は出来損ないのロケットに見えなくもない。

スカイ・ルーンのチェーンクリナイフが、耳の腕を刈り取った。

「グレン・ウォーカー!!　今だ」

「了解っす！」

装甲車から、人影が飛び降りる、爆走した装甲車の慣性をそのままに。

「タダ！」

一瞬の隙、味山がその場から飛びのいて。

「ストライクっす！」

「ＯＵＣＨ!!」

ロケットのように吹き飛んできたグレンがそのまま耳に向かって体当たり。

ぴんっと小さな音は持っていた爆弾の安全装置を解除する音。

「遠慮すんなっすよ！　サービスだ！」

ごくん。耳穴に爆弾を突っ込み、そのまま突き飛ばす。

「ＯＨ！」

ぼんっ。

内側から破裂した耳の怪物がそのまま肉片ごと、沈殿現象でできた沼へ沈んでいく。

「ヘイヘイ、なんだよ～思ったより元気そうじゃないのよ～、色男」

「こういう奴《やつ》っすよ」

「お、前ら、なんで」

「それは、はい、一番怒り心頭の方からどうぞ」

《聞こえるかい？　この大馬鹿野郎》

きいいいいん。また音、テレパスがつながる。ソフィの声だ。

「げ、クラーク……」

《時間が惜しい、キミへの説教はすべてが終わった後だ。だが、ひとまず耳の怪物と相対し、まだ生きているわけだ》

「クラーク？」

《キミの価値はワタシも知っている。だから証明してくれ、凡人探索者。キミはダンジョ

ンからすべてを連れて帰ると。――教官、ワタシはこれで。話したいことは話した、行ってくるよ》
「お、おい、何言って――」
声が離れていく、ソフィからの返事はない。
《聞こえるか？　アジヤマくん。ソフィはもう行った。貴重な戦力だ、現況で遊ばせておくわけにはいかなくてね――チャールズ！　火力を地上の化け物へ集中させろ！　アレタを飲み込んだ空中の奴は今はほうっておけ！　動いていない！　ソフィを1人にさせるな！　奴は冷静ではない！　おっと、すまない、少したてこんでいてな》
「社会人はやる事ばかりで辛《つら》いですね」
《まったくだ。さて早速だが、本題に移ろう。速やかにその場を指定探索者〝星見〟と上級探索者2名に移譲し、第二階層エレベーターエリアへ参集。アレタ・アシュフィールドを救出せよ》
「救出……アシュフィールドは食われたって」
《奴のバイタルサインは確認できている、だが、未確認の新種怪物種の体内に取り込まれ、反応がない。――アレタは君に強いこだわりを見せている、直接、君が呼びかければ目を覚ますかもしれない》
「そりゃ大仕事ですね」
《ああ、そうだ。拒否権のない、ね》

アリーシャが目を細めた事が容易に想像できた。

《探索者組合の代理、アルファチームサポーターとして命令する、その場から離脱せよ、味山只人《ただひと》》

「よー、色男、このままじゃ、マジで世界が変わっちまう。化け物どもを抑えられるのは英雄しかいない。さっさとあの英雄サマを起こしてこい」

「スカイ・ルーン……」

「なに、こっちは気にすんな。……それなりに目をかけてた部下を殺されてんだ、モチベはたっぷりあるからよ～」

指定探索者の殺気、触れてしまいそうな濃いそれをルーンが纏《まと》う。

美しいハイトーンの緑の髪が逆立っている。

「タダ、センセイはアンタを待ってるっす。そしてアレタさんも」

「グレン……」

「これ終わったらよ～、実は超絶たのしいイベントが待ってるっす。すげえ事企画してるんすよね～大丈夫、死なねえから、行ってこいよ、タダ」

グレンが味山の前へ。

「味山さん、お役目を。私は私の、あなたはあなたの」

「貴崎《きさき》……お前は」

「すみません、実は私、アレタ・アシュフィールドと少し勝負してました。ここで降りたら負けちゃうんです」

貴崎もまたグレンと同じく味山《あじやま》の前へ。

みんなが、酔っている。ここで死ぬのだ、命を賭けて。

TIPS€　選択の時だ

「あ？」

TIPS€　ルート開示・Aルート〝アレタ・アシュフィールドの救出へ向かう〟。Bルート〝耳の怪物との戦闘を続行する〟

TIPS€　Aルート選択の場合、スカイ・ルーン、グレン・ウォーカー、貴崎凛《りん》は死亡する。Bルート選択の場合、ソフィ・M・クラーク、アリーシャ・ブルームーンは死亡。バベル島はリセット・プランにより核攻撃を受ける

「なんっだそれ」

TIPS€　プランC　不可能。未《いま》だ、古き火はお前の右手に灯《とも》らず。耳の血肉もまだ足

りず

不自由な選択。ヒントなんてきっと知らないほうがいい。

ＴＩＰＳ€　選べ。さあ、お前が捨てるものを選べ

人生とはクソだ。
クソの中から少しでもましなクソを選び続ける作業に近い。
味山はそのクソを選ぶ作業に慣れている。
世界に満ちる悪意に慣れている、口が勝手に開く。
「――クソヒント、お前、何か俺にまだ言ってない事があるんじゃないか？」
世界のどこか、暗くて深いどこかで、誰かが笑ったような気がした。

ＴＩＰＳ€　――条件達成。情報公開

ＴＩＰＳ€　耳の怪物の狙いはお前とアレタ・アシュフィールドだ。Ａルートを選びお前がこの場から脱出しても、足止めの探索者を殺したのち、耳はお前たちを追う。怪物種は耳を恐れ、地上に逃げ出すだろう

「――クソゲーすぎるだろ」

どちらの犠牲を選ぼうとも、待っているのは破滅。

みんな、死ぬ、このままでは。

TIPS€　選んで捨てろ、プランCは間に合わない。すべてを嗤《わら》い、すべてを蹂躙《じゅうりん》する力にお前はまだたどり着いていない

「プランC……？」

ドクン。脳みそが鼓動した、だがそんな錯覚はすぐに消える。

「何してんだ？　アジヤマタダヒト！　急げ！　英雄を起こしてこい！　お前にしかできない！」

スカイ・ルーン。耳の怪物との戦闘により、死亡。

四肢を捥《も》がれ、悲鳴を上げているところを大耳に包まれ窒息死。

「タダ、安心しろよ、凛ちゃんは絶対俺が連れて帰るっすから！」

グレン・ウォーカー。耳の怪物との戦闘により、死亡。

腹を貫かれ、首を捻《ね》じ曲げられ死亡。ソフィの名前が最期の言葉になる。

「味山さん、行ってください」

貴崎凜。耳の怪物との戦闘により、死亡。

脇腹をえぐられ、四肢を捻じ曲げられ、身動きが取れないまま付近の怪物種の巣になげこまれる。

みんな、死ぬ。

TIPS€ ルートを選――

ばちん!! 味山が自分の耳を、思いきりシンバルを鳴らすがごとく叩《たた》いて。

「やめだ、ぐだぐだ考えるのはやめだ」

「え、なんだ? どうした? 色男? ストレスか? 大丈夫か? へーい」

「え、え? 味山さん?」

「あー……タダ? なんかお前、スイッチ入ってない?」

はたから見たら、急に自分の耳を叩き出した不審者に3人が動揺して。

「アシュフィールドのとこには戻らない。お前たちをここに置いていけない」

「え」

「あちゃー……」

「おい、色男、勘違いすんなよ、あんたはアレタみたいな英雄じゃないんだぜ、あんたにはあんたのできる仕事が――」

「うるせえええええええ!!　もうサラリーマンじゃねえんだ!!　他人が本気で俺を叱るな！　萎えるだろうが！」

「え、ええ……」

突然の命令拒否、ルーンが思わず素に戻ったような反応を。

「全部だ！　全部拾う！　Aだ、Bだ知ったことか！　たいていこういうのは3つ目を選ぶもんだろ！　全部ぶっ殺せば済む話だろうがよ！」

「お、オイオイオイオイオイ、何言ってんだよ、命令は下ったろ？　アンタ、組合に逆らうってことは――」

「スカイ・ルーン、全員死ぬぞ。俺が退却すると皆死ぬ」

「――あ？　何言って。チッ、お前も酔いに呑《の》まれたか？　めんどく、せ……え……？」

ルーンが一瞬よろめき、自分の胸元を飾る遺物を見つめる。

「なん、だ、この未来……おい、アジヤマタダヒト、今の、マジで……」

「それが本当に、現実になるぞ」

「……アンタ、なんでアタシのこれを知ってる？　アレタに聞いたのか？」

ＴＩＰＳ€　スカイ・ルーン保有遺物判明・〝ケルト十字〟その効果、ごく近い未来を視《み》る事が可能。だが、代償として己の死の未来を毎晩夢に見る。これはスカイ・ルーン以外に誰も知らない秘密だ

「未来が視える遺物！　その代わり、自分の死にざまを毎晩夢に見る、か！　ぎゃははは！　お互い難儀なもんに悩まされてるなあ！」

味山の言葉にルーンの顔色が変わった。

「……アレタ・アシュフィールドが補佐に選んだ男だ。まともじゃねえとは思ってたが……ははは、いいぜ、少しアンタの話を聞く気になってきた」

「そりゃどうも」

ぼこり。沈殿現象で液状化した地面が泡を噴きはじめた。

奴が、まだ生きている。

考えろ、攻略に必要なものを。

考えろ、全部ひっくり返す手を。

やるべきことは２つ。

地上を目指す怪物種の掃討、そして、〝耳の怪物〟の討伐。

そのためには。

「聞かせろ、クソ耳《ヒント》!!　アシュフィールドが目を覚ませば！　上はなんとかなるのか!?」

TIPS€　なる

「ぎゃははは！　なるのかよ！　いや」

ＴＩＰＳ€　二階層エレベーターエリアには深層の怪物種、および神秘種が1体、どれも現在の人類では打倒は不可能だ。だが――

「アシュフィールドなら、出来るよな」

ＴＩＰＳ€　アレタ・アシュフィールドとストーム・ルーラーには及ばない

ヒントと味山の意見が珍しくぶつかり合うことなく一致する。
現代最強の異能への認識が違《たが》うことはない。

「はい、作戦決定。――化け物には、それ以上の化け物をぶつけるしかねえ」

探索者道具としてヒントを使い倒す味山。
突破口が見えた。
全てをひっくり返すエースカードを叩き起こす。

「クソヒント、アシュフィールドはどうやったら目を覚ます？　俺が現場に行く必要はあるか？」

TIPS€　お前の声であるならば、レア・アルトマンの〝権能〟によるテレパスで充分だ

「――よし」

ルールを無視する力。全ての道筋を無視して攻略は開始される。

《どうした、アジヤマくん。未だ車両が止まったままだ。自律運転機能で乗っているだけで良い。早くこちらに参集を》

「ブルームーンさん、いや、アリーシャ・ブルームーン。提案がある」

頭に響くアリーシャの声を遮る。

《……アジヤマタダヒト、話を聞いていなかったようだな。君に先ほど伝えたのはお願いや提案ではない、命令だ、今こうしている間にも人が死んで――》

「怪物種は全て、耳の怪物に怯《おび》えてダンジョンから逃げようとしている」

内心、アリーシャの呼び捨ての迫力にビビりつつ、味山が言葉を。

《……なんだと？》

「原因はコイツだ、コイツを始末しない限り、化け物どもはずっと地上を目指しつづける。アリーシャ・ブルームーン！　アンタはアシュフィールドに人を救えと言ったな！」

《だとしたら、どうなのかな》

「あいつにばっか英雄ムーブさせねえ。耳の怪物は俺が殺す」

《酔い……か？　残念だ、アレタの奴《やつ》、人を見る目は確かのはずだったが》

やばい、なんか普通に話を聞いてくれない。

勢いだけではどうにもならない事もある。

だが。

「ヘイヘイ、待てよ、コイツの話、もうちっーとばかし聞いてもいいと思うぜ」

《その声、スカイ・ルーンか？》

思わぬところから助け船が現れる。

「よーう、ブルームーン。相変わらずこえーな。婚活は順調かい？……良い事教えてやるよ。アタシのケルト十字の結果もアジヤマの言葉と同じ未来を示した。このままじゃ、全滅するぞ」

《……待て、どういうことだ》

言葉とは、何を言ったかではなく、誰が言ったかで判断される。

味山《あじやま》が言えば、酔いに呑まれた男の言葉でも、実績のある指定探索者が言えば。

「味山只人《ただひと》がその場に行っても、事態は解決しねえ。UE指定探索者、星見として断言するぜ。今のままだと最悪の未来は現実になるってよ～」

《その言葉に嘘《うそ》はないな？》

「地中海事変を忘れたかい？　アタシのケルト十字が本物だって、合衆国の人間以上に知ってる奴らはいないと思うけどね」

《……検討する、20秒待て》

テレパスが消える。味山は隣にいる顔のきれいな女に少し感動して。

「あ、アンタ……」

「実は今の半分フカシなんだよ。アタシには地上の連中がどうなるかまでは視えてねえ」

いたずらが成功した悪ガキみたいにルーンが、にししと笑う。

「え？」

「でもな、このままだとアタシらは無駄死にする。その未来だけは視えた。期待してんぜ、色男。アンタにオールインだ。――アタシたちを死なせないでくれよ」

「……了解」

「ＯＫ、契約成立だ。さて、20秒たったぜ？」

ルーンが、虚空に向けて微笑《ほほえ》む。返答は――。

《アジヤマタダヒト、君の提案を聞こう》

「っ！　ありがとう、ブルームーンさん！　レア・アルトマン！　聞こえてるんだろ！　俺の声をアレタ・アシュフィールドに繋《つな》いでくれ！」

《え!?　こ、こんな怪しい奴の言う事聞くの!?　マジなんか生理的に無理なんですけど！　そもそも、コイツがこの場に来たところでアレタ・アシュフィールドが目を覚ますかなんてのもわからないのに!?》

TIPS€　レア・アルトマンは吸血種《ヴァンパイア》だ。原始吸血鬼たる彼女は人間を恐れ、人の社会に紛れ込んでいる。正体の露見を何よりも恐れている

「え、ヴァンパイア……?」

《なに?》

《っっっっっ!?　はい!!　今!　今、繋げますから、絶対繋げますからァ!　少し待って!》

「あ、はい」

どうやらうまくいきそうだ。あとはアレタを起こすことができれば。

「おっと、そう全部思い通りにはいかねえよな。出てきやがった」

未来を視る遺物の力。スカイ・ルーンが最も早くそれの帰還を視た。

「Sorry to keep you waiting《お待たせ!待った?》!!」

風呂釜から湯がこぼれるように蕩《とろ》けた地面があふれる。

沈殿現象の沼の中からそいつが這《は》い出てくる。

大きなお耳に小さな体、ふざけたデザインの最恐の化け物。

何度殺そうとも、何度退けようとも、そいつは嗤《わら》い続ける。

「I AM YEAR!! YEAH!! GYAHAHAHAHAHAHA!!」

耳の怪物、帰還。

内側で爆弾が爆発した傷痕すらなく。

「クソが……今てめえの相手してる場合じゃねえのに」

時間がいる。

今の味山に耳の相手をしながらアレタとの会話を試みる余裕は——。

「時間、稼げばいいんですね、味山さん」

毛先の赤いポニテが揺れる。サーベルが鞘《さや》から抜かれる凛とした音。

「貴崎《きさき》、でも相手は……」

「ずっと、ずっと退屈だったんです。でも、今はそうじゃないんです、あなたのおかげです、味山只人」

「あ？」

「私、勝負をしてるんです。お星様を超えるために、お星様から宝物を取り戻すために。これはその試金石です、ちょうどいいや」

味山は彼女を一人にしなかった。

だからこそ、彼女はここで死ぬ。

「私を見ててよね、味山さん」

ＴＩＰＳ€　貴崎凛《りん》の死亡が確定した

「タダ、俺、よくわかんねえけどよお、あんたの事は俺も、そしてあの人間嫌いのセンセイだって割と認めてる、期待してるっすよ。アンタは52番目の星が選んだ補佐探索者なんすから」

グレンがパワーグローブに包まれた拳を握ったり、開いたり。

「上級探索者、グレン・ウォーカー、目標、耳の怪物」

貴崎と同じく、味山の前へ。

TIPS€　グレン・ウォーカーの死亡が確定した

「まあ、そういうこった。じゃあ、行こうか、上級探索者ども。足引っ張んじゃないよ」

TIPS€　スカイ・ルーンの死亡が確定した

「OH、3PLAY?《3人対戦か?》　OKOKOK!《おし、》　LETS PLAY!《やるか》」

指定探索者と上級探索者たち、そして耳の怪物。ついにその殺し合いが始まってしまった。

そして。味山の戦いも始まる。

《権の、じゃない！　遺物を最大使用！　アジヤマタダヒトさん！　今ならアレタ・アシュフィールドに声が届くんですけど!!　いいよね！　それで！　いいですよね！》

「あ、どうも」

ＴＩＰＳ€　条件達成・アレタ・アシュフィールドの友好度が一定以上であり、なおかつ、ストーム・ルーラーとの戦闘に勝利している。お前の声は彼女に刻まれている

味山が小さくうなずき口を開く。レア・アルトマンの力が声を、拡《ひろ》げて。

「アシュフィールド。こちら、味山只人」

できる事をしろ。

「俺の声が、聞こえるか？」

仕事の時間だ。

かっこいい、そう思っちゃった。
――拝命します、それが最善でしょう。
あの場に残ったリン・キサキ。
そして、何も言わずになんの葛藤もなくリンと一緒に残った彼も。
あたしが言うべきだったのに、その勇気がなかった。

――アジヤマタダヒト、ここで死ねって。

こぽり。水の音。
《ダメだ!! アレタからの返事がない! アルトマン!! 遺物を使え!! アレタに声を届けろ! アレタ、聞こえないのか!? アレタ!》
《や、やってます! やってるってば! 届いてる、けど、返事がないの!》
《あ、あああああ!? く、食われた!! アレタ・アシュフィールドが翼の生えたヤギ顔の化け物に食われた!?》

《あ、悪魔だ、山羊《やぎ》、水の悪魔……!?》
《な、なんだ、あの化け物、見てるだけで、体がしびれて……》
あれ、何か声……だめだ、水の音でよく聞こえない。
えっと、なんだっけ。そう、耳、耳の怪物だ。
リンは強い、でも彼女でも耳の怪物にはきっとかなわない。
強さとか才能とかそういうのじゃない。
あの化け物は本当に怖いの。
ただ意味もなく、思いつきと楽しみだけで命を壊す。
だからこそ、タダヒトじゃないとダメ。
化け物には同じ化け物をぶつけるしかない。
だから、彼が――あたしのワイルドカードが残ってくれたのは幸運だったかもしれない。
《教官！　アジヤマを！　アジヤマタダヒトをここに！　奴の声ならアレタは目を覚ますかもしれない！》
《……！　アルトマン、声を広げろ！》
《アレタ・アシュフィールドは、52番目の星は何してる!?》
《食われた……は？　アレタ先輩が食われるわけないでしょ！　ふざけんな！》

《あらぁ、52番目の星が落ちたのぉ……ふうん。でも今は面倒ねえ》
《怪物狩りは!?　52番目の星がダメならあいつしかもういないだろ!?》
《今回の作戦にルイズ・ヴェーバーはいない！　もうおしまいだ！》
《魔弾か開拓者さえいれば……クソ！》

言えなかった。

あたしに勇気がなかったから。

でも、貴方《あなた》はあの場に残った。何も言わず、何も残さず、当たり前に。

ああ、タダヒト、貴方に感謝を。

貴方の行動は正しい。貴方の行動はあたしを救った。

でも、なんでだろう。

貴方の行動が、そんなにも簡単に己を捨てた貴方の行動が、あたしにはとても怖かった。

なんで、自分をそんなに簡単に捨てられたの？

それが気になって。ここに来ても体がうまく動かなかった。

だから、負けた。

《ギャァぁぁア!?》
《ああ!?　ジャンが食われた！》

《ルイ！　お前が指揮を引き継げ！　火力を集中力させせろ！　指定探索者を援護するんだ！》
《嫌だァ!!　娘が、娘がいるんだぁ！　やめて、食べないでぶ》
《ひいいいいい、降ろしてエエエエエ、あ》
《逃げるなあああ！　撃て！　戦え！　地上に行かせるな！　家族を守りたいんならここで死ね！》

目の前で誰かが終わっていく。
救わなきゃ。救わなきゃ、救わなきゃ。人を。人を。人を。
あたしにはそれしか価値がない。
そうだよ。
あたしにはそれしか出来ない。
そうだよ。
あたしにはそれしか役割がない。
わたしたちもそうだったもの。
履行しなきゃ、英雄を。
じゃないと誰にも見つけてもらえない。
じゃないと、あたしは誰にも愛されない。

英雄じゃないと、だめなんだ。
そうだよ、履行しなきゃ。52番目の星なら。

——お前は、只《ただ》の人間だ。

ああ、誰に言われたんだっけ。あれ、記憶があいまいだ。
……あたし、今、何してたんだっけ。
そうだ、食べられたんだ。水で出来た山羊の化け物。
すごく嫌な感じのする化け物。
ここは、お腹《なか》の中だ。

『アレタ』
ママの声がした、遠い昔に最期に聞いたママの声。
『もういいのよ、アレタ』
『休みましょう、眠りましょう。今までよく頑張ったね』
そうだよ、ママ。あたし、頑張ったんだよ。
『眠りましょう、さあ』
言葉を無視して、あたしはそっと目を開く。
ああ、ひどい光景だ。

暗い水の中なのに、外がよく見える。
水で出来た山羊頭の巨人の化け物、それのお腹の中から外を見る。
《メーデーメーデーメーデー!! こちら第二階層エレベーターエリア！ 怪物種による被害甚大！ すべての前線基地の守備隊は可能な限りの兵器を持参し参集せよ！》
爆炎と怒号と血飛沫《ちしぶき》と。
大草原を埋め尽くさんばかりの怪物種の群れ。
浮遊する浮島、第一階層への玄関口、エレベーターエリアに殺到する。
《指定探索者だ！ UEの指定探索者が1人で怪物の群れの中に突っ込んだ！ 勇気ある彼を救え！ 絶対に死なせるな！》
《あらぁ、面倒くさいわねえ。もういっそぉ、全部凍らせるのはどうかしらぁ》
《何を言ってるんだ！ 〝くるみ割り〟！ これ以上、被害を出させるな！》
《もう、〝王剣〟さんは面倒ねえ。そう思わない？ 〝独立狙撃〟ってあら……酔いが回ってるわねえ》
《うそだ、嘘《うそ》だ嘘だ、アレタ先輩が、アレタ先輩が、食われたなんて、嘘だ嘘だ嘘だ》
見知った顔がいくつか。指定探索者のみんなだ。
彼ら彼女らはまだ大丈夫そうだけど……混戦になりすぎて戦いづらそうね。
《別の機動兵器は!? 第二階層の全ての前線基地からゴリアテを呼び集めろ！》

《全部スクラップになったよ！　怪物の奴《やつ》ら、まるでわかってるみたいに優先的に機動兵器を攻撃しやがる！　なんだよ！　探索者の時代は終わって、機動兵器の時代じゃなかったのかよ!?》
《あのバカでかい鬣《たてがみ》の生えたキリンが全部踏みつぶしちまった!?　戦車も、機動兵器も！》
《航空兵器……！　ダンジョン用のヘリも全部だめだ！　雷を落としてくるイカと空を泳ぐ鮫《さめ》に全部やられた！》
《あんな怪物種！　二階層どころか、三階層でも見た事ねえ！　新種ばかりだ！》
《おい、ここにいた探索者たちはどこに!?》
《とっくに逃げ出したよ!!　何が酔いだ！　全く使えねえじゃねえか！》
《逃げるな！　あきらめるな！　絶対にこいつらを上にあげるな！》
《英雄は!?　アレタ・アシュフィールドが負けたなんて嘘だよな!?》

全部終わっちゃう、やだな、いやだな、どうしよう……。

いや、決まってる、戦わなきゃ、リンみたいに、タダヒトみたいに。

《――ルド》

「あ」

こぽり、声が聞こえた、そうだ。この前もそうだった、嵐の中でこの声だけは聞こえて。

『アレタ？　どうしたの？　アレ――』

うるさいな。
わかってる、あたしのママはもう死んでる。
ここにいるわけないじゃない。
『――レタ「黙って」ぴじゅ』
ピンって、指を弾く。
不愉快な声はもう聞こえない。
あたしは暗い水の中、1人そっと耳を澄まして。
《俺の声が、聞こえるか？》
うん。
「タダヒトの声だ」

◇◇◇◇

《タダヒトの声だ》

「っ！」

届いた。声が。

「アシュフィールド！　こちら味山只人《あじやまただひと》！　状況を！」

《……あー。ハァイ、タダヒト。お互い、生きてて何よりね》

「よし、軽口叩《たた》けるんだな！　オッケー。アシュフィールド、よし、落ち着いて聞いてく――」
《タダヒト、そこにリン・キサキはいるの？》
「いる！　今、俺の目の前で耳の怪物と戦ってる！」
《よかった、生きてるのね……なら、負けるわけにはいかないわ》
「なんの話だ？　いや、それより、アシュフィールド、あいつだ、あのクソ耳が全部悪い！」
《あ～なんか予想ついたかも。ＯＫ。わかった》
話が早い。
「すまん、アシュフィールド」
《なに、タダヒト》
「勝手な行動して悪かった」
《ううん、こっちも。判断、出来なくてごめんなさい》
「……もしかして俺の独断、ギリセーフか？」
《ギリ、ね、判断は間違ってないし、命令出来なかったこっちも悪い。でも、少し悲しかった》
「あ？　いや、今話し込む時間はない、アシュフィールド、いいか、とりあえずそこから脱出して、いや無茶ぶりなのはわかってる、怪物の腹の中から脱出なんてどうしろって話だよな、今、方法を考える」
何か方法があるはず。味山がヒントに意識を傾けて。
《うん。もうやってる》
「あ?」
《遺物・顕現》
だが、その必要はなかった。彼女はアレタ・アシュフィールドだからだ。
《跪《ひざまず》け、ストーム・ルーラー》
轟音《ごうおん》。通信の向こう側から嵐の音がした。
『え? なに、これ。え? 溶け、え? 嘘、ヤダ、私が、私じゃ。これ、終わり? 誰? 嵐が』
何かの悲鳴も嵐の音にかき消され。
TIPS€ アレタ・アシュフィールドが神秘種〝ラスプー〟を討伐。ストーム・ルーラーに新たに水の神話の概念が付与された
「え? 神話? アシュフィールド?」
《なんだ!? 何が起きた!? か、怪物が、急に破裂した……?》

《ヤギ頭の化け物だ！　空中で座ってたヤギの化け物が内側から爆発した!?》
《お、おい、あれ、化け物の体から何かが出て……人間か？　いやあの服装……まさか》
《あ、ああ、信じてた、信じてたよう、先輩、先輩――》
《――全部隊へ、生きている奴に朗報だ。上を見ろ。一等星がよく見える》
《――ウオオオオオオオオオオオオオオオオアアアアアアレタだァアアアアアアアアアアアアアアアアアアアア、ホ、ホワあああああああああああああァ》

歓声。テレパスにより響く声が明らかに明るく。

まるで星を見上げているときのように。

「うるさっ、て、この声、クラークか！　何が起きた!?　アシュフィールドは!?　アシュフィールドは目を覚ましたのか!?」

TIPS€　ストーム・ルーラー、0．7パーセント使用。怪物種の群れ、その4割が消滅

「は？」

信じられないヒントに味山が口を開けて。

《なんだ!?　怪物が吹き飛んだ!?　どこの部隊だ!?》

《い、いや、今のなんだ!? 風？ 雨!? 大陸の指定探索者か？》
《私じゃないさ。少し、心が折れそうですね、自分の完全な上位互換とここまで差があると》
《星だ！ 俺たちの星が帰ってきた！》
《早くアレタ・アシュフィールドを口説いてこい！ もしかすると生きて帰れるかもしれん！》
明らかに風が変わり始めている。それだけはわかる。
《タダヒト、3匹、初撃の嵐に耐えた奴がいる。少し時間がかかるかも》

TIPS€ 新種怪物種の情報開示。弱点を伝えろ

「っ！ アシュフィールド！ 援護する！ どんな奴がいる？」

《援護……どうやって、ううん、OK。貴方《あなた》を信じる。そうね、3匹。空を飛んでる鮫に雷を纏《まと》っているイカ……それに、大きなキリン……さて、あたしの補佐探索者さん、援護お願いできるかしら》

TIPS€ 怪物種176号〝サメマキ〟は、強面《こわもて》のハゲが苦手だ。それを見ると無条件で逃げ出すぞ

「――は？　いや、時間がない！　アシュフィールド！　強面のハゲだ！」
《――タダヒト、ごめん、ちょっと何言ってるかわかんない》
「俺も意味わかんねえよ！　でも、これが正解なんだ！　怪物種176号〝サメマキ〟！　は強面のハゲが弱点だ！」
《なんだ、この声、アレタ・アシュフィールドに指示、してんのか？》
《どこの部隊の奴だ！　ふざけた事言って邪魔してんじゃねえよ！》
《怪物種176号なんて聞いたことねえ！　ナンバーは100までだろ！　新種なのに番号と名称ついてるわけねえ！》
至極まっとうな意見に味山がうなる。味山にはこのヒントを証明する方法がなくて――。
《こちら、シエラチーム。作戦地域の全部隊へ告ぐ、この声の邪魔をするな、繰り返す、この声の邪魔をするな》
「あ？」
テレパスでつながる聞き覚えのある声、援護だ。
だが味山にとってそれは意外な連中のもので。
《シエラチーム!?　生きてたのか！　あの腕利き部隊！　すげえ、全員生きてるぞ！》
《あの訳わかんねえペリカンに全員丸呑《まるの》みにされたのにどうやって……》
《あれ!?　ペリカンが死んでる……！　腹が破れて……黒い血……？》

《味方勢力へ繰り返す、シエラチームは全員無事だ。戦闘を継続する、俺たちの星が星屑《ほしくず》のおかげで帰ってきた。勝てるぞ》
《チャールズ中尉、あなた……》
《アシュフィールド特別少佐、俺は強面のハゲだが、どうだろうか？》
《あは！　最高。一緒に来て》
《あ、アレタ・アシュフィールドが空を飛んで……いや、なんか強面のハゲも一緒に飛んでるぞ！》
《――オオオォオォオ!?　はげえええええええええ!?》
《ビンゴ！》
《なんだ!?　あのでかい空飛ぶ鮫が逃げ出した……？　あの声の言う通りだ！》
《迫撃砲用意！　今なら当たるぞ！　あの空飛ぶ鮫を仕留めろ！》
《誰だよ!?　どこから、いや、アレタ・アシュフィールドに指示出すなんて、何者だ!?》
《英雄が、素直に言う事聞いてる……》
《すげえ、あの声の言う通りにしたらあの鮫がマジで逃げ出した……！》
ＴＩＰＳ€　第二階層エレベーター守備隊勢力からの評価上昇。このまま評価を上げ続けろ

《次、タダヒト。雷を纏っているイカ。空に浮いてる、どうすればいい？》
ＴＩＰＳ€　怪物種３４５号〝クラーケン〟は極低温に弱い、氷締めにすれば美味《おい》しくいただけるぞ

また訳のわからないヒントが、でももう味山はそれを伝えるしかない。
「氷締め……アシュフィールド、なんか、その冷やせるか!?　イカは氷に弱い！」
《氷……冷やす、ええ、適任がいる。アナスタシア！　聞こえてるわよね》
《どうもぉ。52番目の星さん。くたばったかと思ってたけど、元気そうで何よりよぉ。でもまさか、私にまでこの不思議な声の言う通りにしろなんて言わないわよねえ》
ＴＩＰＳ€　連邦指定探索者・アナスタシア・ホーレン。〝くるみ割り〟。號級《ごうきゅう》遺物は冬の日《ジミニーデニ》。幼少の頃のトラウマにより性能が低下している
《ええ、その通りよ。協力して。あそこの雷を落としてくる空飛ぶイカは氷に弱いわ》
《信用に値しないわぁ。さっきからテレパスで響く声、とても不快だものぉ、貴女《あなた》の声と同じくらいにぃ。この声を信用していい証拠でもあるのぉ？》
非常に理性的な反論。アレタの言葉だけではこの人物は動かない。しかし。

「証拠があればいいんだな？　くるみ割り」

《馴《な》れ馴《な》れしいわぁ。何を言ってるのぉ？》

ＴＩＰＳ€　アナスタシア・ホーレンの情報開示。彼女の唯一の親友、オオカミ犬のルドルフの言葉を伝えろ。〝恨んでいない、だいすき〟だって

「証拠を聞かせてやるって言ってんだよ」

《だからぁ、何を言ってぇ》

これはきっとアナスタシア・ホーレンの秘密だ。

「〝ルドルフはお前の事を恨んでいない〟」

《――は？》

「〝だいすき〟そう伝えたかった、って」

一瞬の沈黙。味山《あじやま》にすらわからない物語の断片はしかし、該当する人間を動かす。

《……気が変わったわぁ。52番目の星。今だけ言う事聞いてあげる。でも、その代わり、すべてが終わったらこの声の主、教えなさい》

《ええ。全部が終わったら。アナスタシア！　ストーム・ルーラーに合わせて！　貴女の氷や冷気をそのまま吹き飛ばす！》

《そういう所が嫌いなのよぉ、貴女が私に合わせなさい、アレタ・アシュフィールド》

その光景は見えない。だが、きっと壮観なのだろう。
2人の指定探索者、両者の持つ力は同系統。それすなわち。
《遺物・顕現》
《遺物・来冬》
嵐の音。
吹雪の音。
2人の指定探索者。ダンジョンから持ち帰ったのは惑星の息吹を支配する力。
《跪け、ストーム・ルーラー。1%、使用》
《塗り潰せ、ジミニーデニ《冬の日》》
嵐と冬。
テレパスの向こう側でそれが振るわれて。

TIPS€　怪物種345号・クラーケン討伐

歓声。
《雷が止まった……!?　おい！　上を見ろ！》
《報告……巨大不明怪物種、停止……!?　いや、生体反応なし！　死んでる、凍って……
討伐成功！　繰り返す！　討伐成功！》

《嵐が吹雪を纏って、そのままイカの怪物を飲み込んだぞ！》
《52番目の星とくるみ割りだ！　合衆国と連邦の指定探索者が戦況をひっくり返した！》
《すごい……これが指定探索者……》
《またただ、またあの声の言う通りになった……》
《誰だ!?　さっきからアレタ・アシュフィールドにアドバイス、いや指示を出してんのは!?》
《まるで全部、初めから攻略法を知ってるような……なんなの、この声》
《ほんと気に入らないわぁ……貴女も、この声もぉ》
《言ったでしょ、あたしの補佐探索者はすごいって》
《化け物どもがエレベーターエリアから離れていく！　ようやくここには来ちゃいけねえって理解したらしい！》
《上空から襲ってくる怪物種はすべて沈黙！　指定探索者に感謝を！　クソヒント野郎にも誰か礼を伝えてくれ！》
《Mr．ヒントにクソ幸運を！　この場にいないのは不思議だが、お前のおかげで助かった！》
《こちら、ベル小隊。Mr．ヒント、雷が止《や》んだ。あんたの助言でうちの隊も全員無事だ。感謝を》
《あの声……どこかで……いや、あのアレタ・アシュフィールドの様子……、まさかアン

タなのか。だとしたら、8月と同じか。また助けられたな》
《どうしたんですか、田村軍曹。あ、見てください！　あのイカがいなくなった瞬間に、屍食《しく》い蟹《がに》の群れも逃げていってます！》
《作戦エリア全域において、怪物種の勢いが弱まってきている、押し返すぞ》
《アレタ、お前は耳の怪物の元へ向かえ。――Mr.ヒントはどうやら本物らしい。耳の怪物がこの事態の元凶であるというのも本格的に信じたくなった》
《いいえ、あたしの戦場はここよ。アリーシャ》
《なに？》
《もうあたしの目の前で誰も死なせない。最後の1匹、あの大きなキリンも狩る》
《アレタ、耳の怪物は、お前でなければ――》
《耳の相手は彼がする》
《なんだと？》
《各員、怪物を上にも、下にも行かせないで！　耳の怪物はあたしの補佐探索者、アジ――》
ざ、ざざざざざ。
テレパスに雑音、アレタの声が途切れて。
《うえ、うおえええええええ……もう、もう、無理……血、じゃない、栄養がないいいいい……うぷ》

TIPS€　レア・アルトマンが栄養失調で倒れた。権能停止、テレパスが途切れたぞ

「切れちまった……だが、ナイス、アシュフィールド」

目を開く、もう声は聞こえない。完全にレア・アルトマンの力が切れたらしい。

上はもう大丈夫。アレタ・アシュフィールドがいるのなら。

これであとは――。

「あとはてめえだけだ」

味山は前を見る。

「ふんぬごおお！」

「慣れてきた、慣れてきました」

「ははははっ、ヘイヘイヘイ！　想像よりやるじゃねーか、上級探索者ども！　後進が育ってて何よりだぜ！」

味山の代わりに時間稼ぎをしてくれていた者たち。

翻弄している。グレンが前衛、貴崎《きさき》が遊撃、スカイ・ルーンがその両方。

3人の探索者の機能が十全に発揮され、耳の怪物を食い止めている。

「これなら、いける」

味山が機を待つ、己の最大の一撃、耳《みみ》の大力《たいりき》による不意打ちを狙って。

「I'm waiting for you《あ、終わった？》」

TIPS€　耳の怪物はお前をずっと待っていた。手加減は終わりだ

「あ？」

ぐにゃあ。耳穴がゆがんで。

「ッ!!　避けろ！　リン・キサキ！　グレン・ウォーカー！」

ルーンが未来を視《み》た。そして叫ぶ。

耳穴から突如生えた、伸びる3本の腕。

「クソっ！」

ルーンのククリがその腕を1本斬り飛ばす。だが、それが精いっぱい。

それに反応できたか、否か。

それがそのまま指定探索者と上級探索者の差だ。

「あ、がっ」

「うっ、そ」

ずぶ、ぶず。

グレンと貴崎の腹に、伸びる腕が突き刺さる、怪力、容易に探索者服と肉を抉《えぐ》り。

ぷらん。腹を貫かれ、そのままぐしゃりと放り投げられる。血が舞った。

「2KILL!!　YAH――!?」

「沈んでろ!!　化け物!!」

隙だらけに飛び跳ねている耳の怪物を、ルーンの鎖が捕らえ、そのまま沼と化した地面に叩《たた》き込む。

「OHOHOHOHOHOHO!　WOOOOOO!!」

耳の怪物が悲鳴を上げながら沈む、だがその響きはやはり嗤《わら》いに似ていて。

いずれまた、這《は》い出てくるのだろう。

「あ……」

恐れていたことが、起きた。

「ぐ……え」

「……はっ、はっ……はっ」

グレン・ウォーカーと貴崎凛《りん》、2人が地面に崩れ落ちる。

血反吐《ちへど》を吐き、立ち上がろうとするも崩れるグレン。

ぴくぴくと痙攣《けいれん》しながら浅い呼吸のまま横向きに倒れる貴崎。

やられた。

「グレン!!　貴崎!!」

味山がその場を駆ける。ダメだ、ダメだダメだ、絶対にそれはダメだ!

「……わり、タダ、しくじっ、た」

「味山さ……ん」
「喋《しゃべ》んな!!　大丈夫、大丈夫だ！　なんとかする、絶対なんとかするから！」
ヒント、ヒント、ヒントヒントヒントヒント！　味山が耳を澄まして。
「よし、なら――」
TIPS€　スカイ・ルーンが携行する探索者用肉体蘇生薬原液と2人のイモータル《イモータル》の希釈液を使用すれば命は助かる
TIPS€　ただし、1人だけだ
「な、に……？」
TIPS€　イモータルが足りない。お前が選択を誤魔化した。ルートを決めろ。グレン・ウォーカーか、貴崎凛か、今度こそ選べ
「アジヤマタダヒト！　2人は……ああ、クソ！　そういう事かよ！　クソったれ！」
遺物によって未来が視えたのだろう。駆け付けたスカイ・ルーンが悲痛な声を上げる。

「た……ダ、凛、ちゃんを、たすけ、ろ」

「グレン……喋るな、今、全員助かる方法を考えてる……！」

仰向《あおむ》けに倒れたグレンが声を。

「いい……わかって、る。俺は、直撃だったすけど、凛ちゃんは違う……すごい子っすよ」

「……」

気絶している貴崎の脇には折れたサーベル刀。

確かにグレンと違ってえぐられてるのは脇腹だ。致命傷にならないようにとっさに逸《そ》らしたのだろう。

「ルーン、さん……判断を……指定探索者として、命令を……」

「──ざっけんな！　グレン・ウォーカー！　バカソフィからアタシはアンタの命を預かってんだ！　アタシがついていながらみすみす死なせてたまるか！　これ以上、アタシの目の前であのクソ化け物にアタシの身内を殺されてたまるかよ！」

「は、は……参った、な。でも、タダ、お前ならできる、よな……」

グレンが目をつむる。

ふすっ、ふすっ。呼吸音が変わる、死線機呼吸。もう時間がない。

「……ああ、わかったよ、グレン」

味山《あじやま》は迷わない。──グレンの腰のベルトから注射器を取り外す。

「あ、お、おい、アジヤマタダヒト……あ」

「これ、もらうぞ」

動揺しているルーンの腰ベルトからも同じく注射器をパチンと外す。

「あ、おい！　おい！　待てよ！　あ――」

「わかってんだろ、スカイ・ルーン。助かる可能性、貴崎とグレンどっちが高い？」

「あ……で、でも、でもよ、お前、グレン・ウォーカーは仲間なんだろ!?　クソ！」

スカイ・ルーンがどうしようもない二択を前に苦悩する。

味山はその間にもテキパキと進める。

貴崎のベルトから同じく青白い液体の入った注射器を取り出す。

「貴崎、戦ってくれてありがとう」

すっ。慣れた手つきで貴崎の首筋に注射器を順番に当てていく。

1本、2本。――3本。

「へ、へへ、タダ、お前はやるときはやる奴《やつ》だって知ってたっすよ。それでいい。あ……ああ、でも、クソダセえなあ、……ちくしょう、ああ、死にたくねえ……」

グレンの言葉、味山の動きの一切が止まって。

「タダ、センセ……ソフィに、すまねえって伝えて――」

「グレン、お前、さっき何か言いかけてたよな、すげえ楽しい計画があるって」

「え……」

「それ、帰ったら教えろよ、絶対に」

「……タダ、お前、その顔……何考えて……」

「3つ目だ」

「……あ?」

味山は迷わない。もう答えは決まってる。

「見たくねえんだよ、お前の死に顔なんて」

味山が立ち上がる。

「クソダンジョン、クソ人生、お前らが指定する選択なんか知らねえ」

その男には信念がない。その男には理由も背景も運命も宿命もない。

あるのは一つ。

「ムカつくなぁ」

その身を焦がすちっぽけな〝感情〟だけ。

TIPS€ グレン・ウォーカーの死は確定した

「やかましい」

そのヒントは味山の求めと、問いかけによって作動する。

TIPS€　お前が選んだ、お前が捨てた、お前が——

「お前の扱い方がなんとなくわかってきた、質問をひとつ追加だ。俺の命を使いつぶしたらどうなる？　クソヒント」

TIPS€　…………

「3つ目を、教えろ」
ヒントが黙った。味山は黙らない。
人生はクソだ。それはもう間違いない。
だがそれでも、あがき続ける者の前にだけ道は現れる。

TIPS€　プランC・死を覚悟し、耳の怪物と戦闘する《必要技能不足、戦力不足、クリア不可能》

TIPS€　条件達成。グレン・ウォーカー最深度情報公開

TIPS€　グレンは〝星雲の堕《お》とし仔《ご》〟の共生体として調整されている

ＴＩＰＳ€　血肉の薄い耳たぶを少量グレン・ウォーカーに与えれば奴の中の〝星雲の堕とし仔〟が消化し、致命傷を治すだろう

ＴＩＰＳ€　代わりにお前は致命傷を負い、死ぬ

「――なんだよ、あるんじゃねえか」

道を見つけた。

味山只人《化け物》は嗤う。

酔い、加速する。

この考えが、間違いでも、もういい。今はただ――。

「スカイ・ルーン、２人を頼む」

「た、頼むって、おい！　待て、アジヤマタダヒト！　アンタ何をする気……あ？　は、ははは」

動揺。その不自由な選択を前に狼狽《ろうばい》していた彼女が、スカイ・ルーンが、笑い出す。

「未来が視えたか？　〝星見〟」

「……は、ははは！　ああ。――死んでこい、凡人探索者」

ＴＩＰＳ€　それはお前の叫びを聞きたがっている

味山が進む。舞台は大草原、周囲には怪物の骸《むくろ》、人間の骸、兵器の残骸。

TIPS€　それは大きな耳を持ち、生き物の叫び声を聴くのを趣味にしている、耳の声はその犠牲者の叫びを録音したものだ

「悪趣味だな、ほんと」

TIPS€　それはお前と同じだ。なんの意味もなく存在し、なんの意味もなく生き物を殺す

その化け物と味山は同類だ。
何にも執着せず、何も課せられず。
ただ、己の感情、その時のテンションだけで行動する。

TIPS€　お前は耳と同じだ。お前の人生にも、お前の命にも、なんの価値もない。お前は空っぽで、乾いていて、他人と本当の意味で心を交わす事もない。お前は1人きりで生きて、1人で死ぬ

「やかましい。――それでも続けるのが人生だ」

TIPS€　――ならば、それでもお前がこのライフ《人生》を続けるのならば

ぼこり。溶けた地面が泡立ち、大きな大きなお耳が這《は》い出て。

8月の記憶。凡人ソロ探索者が相対した恐ろしい怪物は今、再び、凡人探索者の前へ。

「よお、最後はやっぱり俺とお前らしいな」

味山が前をにらみつけ。

「AZIYAMA」

「クソ耳」

眼前、前方。ソレはいる。

TIPS€　〝耳の血肉〟を奪え、凡人探索者

「お前の血肉、くれよ」

目標、耳の怪物。

ぞっ。味山の頬に色濃く、耳の形をした痣《あざ》が浮き出る。

それは資格の証《あかし》だ。腑分《ふわ》けされた部位に挑む者の証。

「DO《やって》　IT《みろ》!!」

「あ？」

瞬間。味山の反応速度を容易に超えた耳の怪物の一撃。

伸びる腕、握りこぶし、もう眼前に迫る。

――コイツ、今まで手加減してやがった。

即。死。実感などなくともそれは唐突に。

TIPS〝Φ〟貸せ、こうやるのだ

「あ、ぶお!?」

ぐきり、身体《からだ》が勝手に動いた。のけぞり、後ろに倒れるよう身体がエビぞりに。

鼻先を耳の拳が通過して。

「WOW!?」

「いまの、まさか……」

そのまま地面に転がり、走り出す。

この感覚を味山は知っている。

今まで自分の中になかったものが機能する感覚。

あの日、嵐と戦った時、河童《かっぱ》の九千坊の力を使った時と同じ――。

TIPS€　神秘の残り滓《かす》が、お前に牙を与える

TIPS〝ゆ〟良い、認めようぞ。己《おの》が命よりも己が情を優先するその姿、ああ、お前は紛れもなく、味山只人《ただひと》だ。であるならば、鬼裂《おにさき》の業は貴様の狩りと共にある

「この、声……あの骸骨……なんだよ、今更手を貸す気になったたか」

TIPS€　神秘の残り滓がお前を、お前の行動を認めた。お前は河童と鬼の生家となる

TIPS€　名を呼べ。攻略のヒントはいつもお前の日常に

何も無駄な事などなかった。味山の日常にはヒントがそこかしこに。
引き金を引く準備はできている。

「鬼裂!!」

名前を呼ぶ、体の奥から何かが染み出す。その感覚にすべてを預けて。

ＴＩＰＳ€　技能発動・〝鬼裂の業〟その効果。平安最恐の怪異狩りの武の再現、複数の戦闘系技能の同時発現

「――やべえ！　アジヤマタダヒト！　気を抜くな！　すげえのが来るぞ‼」

ルーンの警告、そして。

「ＨＥＹ！　ＬＥＴＳ《踊ろう》　ＰＬＡＹ！　ＤＡＮＣＥ《ぜ！》！」

ぶわ。耳の怪物の耳穴から、ゴム腕がさらに伸びる。

味山《あじやま》の視界を覆いつくさんとする光景、どこを見ても腕、腕、腕、腕。

致死の一撃。それが一斉に、味山へ降り注ぎ。


「まだだ、力ァ貸せ、クソ耳」


ＴＩＰＳ€　技能、さらに発動・耳《みみ》の大力《たいりき》――技能連動《コンボ》成立。鬼裂の業＋耳《みみ》の大力《たいりき》＝〝耳鬼ごっこ〟

耳《みみ》の大力《たいりき》による身体強化、それを脚力へ。

味山の才能では、やけくそ突撃にしかならない行動。

しかし、今この瞬間、その身体を操るのは平安最恐の怪異狩り。

「WOW!?　WHY!?」

「嘘《うそ》だろ、未来が……全部、躱《かわ》して……」

化け物と指定探索者、両者が凡人の動きに慄《おのの》く。

かいくぐる。しゃがみ、飛び跳ね、いなし。

前髪をかすめ、頬をかすめ、紙一重で味山が耳の攻撃を躱す。

指定探索者でさえ無傷では躱せなかったであろうその攻撃が味山には追い付かない。

耳《みみ》の大力《たいりき》による爆発的なパワーを、鬼の武がいなし、てなずける。

「う、お!?　身体、いてえええ！　だが、よお、クソ耳！　来たぜ」

「WOW！」

耳穴から生えた腕が引っ込む、代わりににゅっと伸びる2本の腕を躱し。

手斧《ておの》を振り下ろして。

ずぶぶ、耳の外側、骨の部分に斧が食いこんだ。だが、それで終わりだ。


TIPS〝ゆ〟この武器では殺せん、もっと大きく、もっと硬いものはないのか

「あ？　んなもん――」

「使え！　アジヤマタダヒト！」

びゅんびゅんびゅんびゅん、風切り音とともに、スカイ・ルーンが何かをこちらに放り投げた。

「うお！　これ——ぎゃははは！　サンキュー！　スカイ・ルーン、そして」

しっかりとキャッチ。

あの一つ目ソウゲンオオザルが扱っていた武器。死体と一緒に置いて行かれたそれ。

思わず笑いながら、味山がそれを、バカでかい金槌《かなづち》を振り上げた。

TIPS€　遠山鳴人《とおやまなるひと》の装備を獲得・甲殻製戦闘用金槌4号、通称・バカハンマーを装備

「借りるぞ！——トオヤマナルヒト!!」

「WAO!!　BIG《デカ》・HAMMER《ハンマー》!!」

ぶっちゅ!!

耳《みみ》の大力《たいりき》をもって振り下ろされた原初の武器、鈍器が耳の怪物の体をへちゃげさせる。

「OA……」

耳の怪物の上半身が下半身にめり込む形、大耳はへし折れ、ぶらん、ぶらんと垂れ下がり。

「よこせ」

TIPS€　耳たぶの肉をもぎ取れ

がしり。味山がその大耳の耳たぶを鷲掴《わしづか》み。

「よこせよこせよこせよこせよこせよこせよこせよこせよこせよこせよこせ」

「WO、A、GYAAAAAAAAAAAAAAA！！？？」

初めて、今日、耳の怪物がその耳穴から本気の悲鳴を漏らし。

ぶちっ。

「ルーン!!」

汚い肉片、放り投げられたそれをルーンがしっかり受け止める。

「ナイス、アジヤマタダヒト!!」

TIPS€　耳の耳たぶを手に入れた

TIPS€　グレン・ウォーカーに耳たぶを近づけろ。仮死状態からの復帰には、ラドン・M・クラークが調整した再生機構の声紋認証が必要。再生機構のパスワードは——

「スカイ・ルーン、グレンの身体にその肉片近づけろ！　よく聞け！　グレン！　パスワードは！　タ——」

「YESYESYES、OH　MY　GOD」

ぐじゅ。

味山が叫ぶよりもほんのわずか、耳の怪物の再生が早かった。

「グフッ……」

耳の腕が深々と、味山の腹を抉《えぐ》る。水袋をつぶすような嫌な音が自分の身体から。

この化け物はどこを壊せば人間が苦しんで死ぬかをよく知っている。

「GYAHAHAHA――HA?」

「関、係ねえ」

どごっ!! 味山が耳穴めがけて拳を振り下ろす。そして。腹の痛みを叫びに。

「声紋認証っ、コー、ド! タイプ、プロメ、テウス!!」

反応はすぐにあった。

「ぶふ」

グレンの口から血の煙が噴き出て。

「あ、あああ……あああああア……ああああああ!!??」

「ヘイ、ヘイヘイヘイヘイ! 落ち着け、グレン・ウォーカー! 帰ってこい! バカソフィがアンタの帰りを待ってるんだよ!」

白目を剝《む》き、バタバタとグレンの手足が痙攣《けいれん》、それをルーンが押さえる。

グレンの腹に空いた傷穴、まろび出た血が、躍っている。

それが一気に耳の耳たぶにまとわりつく。

腹の周りの血が蠢《うごめ》き、それがあっという間に傷をふさいで。

TIPS€　グレン・ウォーカー生存ルート確定、併せて貴崎凛《きさきりん》生存ルート確定

「ぎゃ、はは……グレン、お前しっかり、びっくり人間じゃねえか……」

体が冷たい。

耳《みみ》の大力《たいりき》をもってしても、腹への直撃はまずかった。

はっきりと、自分の命が消えていくのがわかる。

TIPS€　選択だ。お前は自分を捨てた。お前の死が確定した。プランCだ、お前が望んだ通りに。――お前が死ね

「あー……まあ、これは、厳しいな」

「OHO。OHOHOHOHOHO、GYAHAHAHAHAHAHAHA!!」

食道からせりあがってくる濃い血の香り。しっかり腹に食い込んだ耳の腕。

目の前で嗤《わら》う耳の怪物が味山はどこか他人事《ひとごと》のようにも見えた。

「……私、あ……え？　あ、あああああ……」

貴崎が目覚めた。利発な彼女の悲鳴が背後から聞こえる。

「あー、悪いもん見せたな」

味山は背後の貴崎やルーンに向け、手のひらを握ったり開いたりを繰り返す。

〝脱出せよ〟、探索者の使う共通のハンドシグナルだ。

TIPS€　耳の怪物はこれからお前をバラバラに引き裂こうとしている。8月に出来なかった事を存分に楽しむつもりだ

「やだ、やだ！　なんで、なんで、味山さんが……あ、あああああ、ダメ、それだけはダメ！」

「リン・キサキ、あいつはお前らのために命を捨てる覚悟をした！　無駄にはさせねえ！アタシの目の前で無駄死にだけは絶対にさせねえ！　アタシはあいつのためにもお前らを必ず連れて帰る!!」

「知らない、知らないよ！　そんな事、あの人が死ぬなんて絶対にいや！　駄目！」

貴崎の悲鳴と、ルーンの叫びが背後で。

にいいいいいっと、耳穴が歪《ゆが》む。ソレはこの状況が楽しくて仕方なかった。

ソレは今、心の底から生を謳歌《おうか》している。

「やめ、やめてえええ、やめてよおおお、味山さん、味山さんを殺さないでえええええ!!」

貴崎凛の悲鳴に、耳《ソレ》が嬉《うれ》しそうにぶるぶると再生した耳たぶを震わせる。

もっとこの悲鳴を聞きたい。

この男の内臓を引きずり出そう。

それをあの女の目の前に放り投げたらどんな悲鳴が聞こえるのだろう。

耳の化け物はもうワクワクして仕方なくって。


「何笑ってんだ。お前。こっから絶体絶命だぞ、覚悟しろや」


「E？」

がぶちゅ。

味山が、口を開けて、耳の怪物の耳部分に嚙《か》みついた。

TIPS€　えっ

「えっ」

「えっ」

この場にいる味山以外のすべての存在が、固まった。

泣き喚《わめ》いていた貴崎も、悲壮な表情のルーンも、みんな。

「びびぼばいびき《耳の大力》」

ぶちゅ。そのまま、大力をもって耳の肉を嚙み潰す。新鮮なレバーのような歯ごたえ。

「HA？」


――味山《あじやま》さまは〝同物同治〟という言葉をご存じですか？


攻略のヒントはいつも味山の日常に。

酔いと痛みで味山の脳みそはもうまともには働いていない。

あるのはむき出しの本性、その人間の本当の姿。

――探索者はイカれてる。ああ、ならば、この男は。

「同物同治」

「HAAA？」

「同っ物！　同治!!」

がぶっ。

「A!?　GYAAAAAAAAA!?」

また、味山が耳に嚙みつく。

ぐにゃり、引きつるように吊《つ》り上がる口角、そして頬の耳の形の痣《あざ》がさらに大きく。

「え……お、おい、なんだ、この光景……、待てっ、アジヤマタダヒトお前何を――」

スカイ・ルーンの異能が彼女に未来を視《み》せ――。

「同物同治！　同物、同治!!　同物同治！　同物!!　同治!!　知ってたかァ？　クソ耳!!

いや、知らねえかァ！　お前、俺と違って頭悪そうだもんなああああああああ!?」

「A、GYAAAAAAAAAAAAAAAAAAAAA!?」

耳の化け物が苦悶《くもん》の、悲鳴を漏らした。

「人間はよお！　体の悪い所と似たようなモン食ったらァ！　健康にいいらしいぜぇ！

雨霧《あめきり》さんに教えてもらったんだよ！」

ＴＩＰＳ€　お前は腑分《ふわ》けされた部位の保持者だ。部位保持者は部位の力を使うたび、部位と同化していく
「つまりよお!!　俺ってさぁ!!　お前《耳の怪物》を食べたら治るっつ～ことじゃねえのかァ!?　同物同治!!　だもんなあああああ!!」

ＴＩＰＳ€　まあ、うん、広義的には……

「「…………」」

泣き喚いていた貴崎も、悲壮な表情のルーンも。みんな真顔。

楽しそうなのは味山だけだ。

「それ見ろ！　同物同治!!」

「NOOOOOOOOOOOOOOOOOOOOOOOOO《違う》!!???　THAT IS NOT WHAT I MEAN《絶対にそれはそういう意味ではない》!　GYAAAAAAAAAAAAAAAAAA!!??」

「治れ、治れ治れ治れ治……あ、ぎゃはははははははははは!!　お前、その顔！　ぎゃははははははははは!!」

「A monster《化け物》!　Don't laugh《笑うな》!　GYAAAAAAAAAA!!??」

味山が耳の肉を噛み潰しながら笑う。

耳の怪物は味山に喰《く》われながら叫び続ける。

じゅわり。味山は気づいていない、身体《からだ》の痛みが消えている事に。

「あ〜まだ足りねえ！　今日はカルビとかじゃなくてホルモンとかレバーの気分なんだよなあ!!」

ＴＩＰＳ€　大量の耳の血肉を摂取、大量の経験点を獲得、神秘の残り滓《かす》がかつての記憶をお前に渡そうとしている味山の脳裏をよぎるのは何かのイメージ。

水は冷たく、心地いい。

血と悲鳴。

水かき、生き物、命。それを問答無用で奪う大化生の業。

TIPS€　大化生の名を呼べ

「――九千坊!!」

ずるり。味山の身体の中で何かが入れ替わる。

両手のひらが水に濡《ぬ》れ、緑色のうろこが生える。

「WHAT!?《なんだ、それ、》　NO、《やめろ！》　NO!《やめろって、おい！》　GYA!?」

耳の悲鳴が漏れだすその暗い耳穴に、ぞりゅん。

水かきの生えた手をねじ込んで。

TIPS€　新技能獲得・〝九千坊の尻子玉抜き〟。大妖怪たる西国大将九千坊の恐るべき化生の業。その水かきは生命の核を抜き去り、腑《ふ》抜《ぬ》けにする。〝再生系〟特性を持つ者への特効を発揮する

「うっわ！　最悪の感触だな、おい！」

「GYA、AAAAAAAAAAAAAAA!?」

水かきの生えた手を耳穴に突っ込みかき回す。ねっとりした感覚が直で伝わる。

ずりゅ、ずりりりり。こつん。

そして、見つけた。河童の水かきが捕えるものは水だけにあらず。


TIPS〝河童〟キュキュ、キュキュキュマ!!


「これか!?　九千坊！」

伝承再生。

神秘に住処《すみか》を貸す代わりに、神秘から力を借りる。

才能も運命もないその男の心。住み心地はとても良かったのだ。

河童の水かきが耳の怪物にとっての尻子玉を引きずり出し。


TIPS€〝2つ目の耳糞《みみくそ》〟。腑分けされた部位、耳の耳糞。役目を忘れた化け物は己の趣味を優先させる事にした

「OHHHHHHHH!?　NOOOOOOOOOOOOOO!?」

ずりゅん。血の塊のような、野球ボールサイズの玉。

あんぐり、味山がためらいなく口を開け。

「NOWAY!?《嘘だろ!?》　NOWAY!?《まさか!?》　NO！　NOOOO!!《おい、やめろって!!》」

耳の怪物が両手を上げる、自らの耳穴から引きずり出されたそれに手を伸ばし――。

「2つ目え、頂きまァす」

耳の怪物はそれを取り戻す事はできなかった。

ごくん。

バカ《探索者》が食べちゃった。

「A」

ぞ、ぞぞぞぞぞ。

味山の顔に浮かぶ耳の痣が大きく、大きく、胎動して。

TIPS€　新技能獲得――条件未達成。詳細不明

ぬらり。味山が顔を上げ。

「思ったよりなんともねえな」

「N、NO……」

「サンキュークソ耳、おかげさまで同物同治だ」

「U、UUU、USOOOOOOOOOOO!?」

もう、味山の腹に空いていた風穴はどこにもない。

同物同治。耳の血肉を喰らい再生する味山の血肉。それはつまり——もはや。

TIPS€　耳《みみ》の大力《たいりき》、クールタイム終了、いつでも発動可能

「ああ。今はもうぜんっぶどうでもいい」

TIPS€　九千坊の尻子玉抜きの効果により耳の怪物は腑抜けている、行け——

「GYA、HAHA……AH……」

ふにゃんと萎《しお》れる耳の怪物、味山がその胸倉の肉をつかんで。

TIPS€　殺してこい

「お前の悲鳴がたのしみだぜ」

「N——AOOOOOOO!?　GYAAAAAAAAAAAAA!?」

びりり。

「ぎゃははは」

厚紙を裂くように、味山が素手で耳の怪物の大耳を引きちぎる。

「ぎゃはははははは、ぎゃーっはははははははははは!!」

引きちぎる、引き抜く、殴る、潰す。

耳《みみ》の大力《たいりき》をもって、味山が耳の怪物をバラバラにしていく。

「……あ」

その圧倒的な暴力を背後から眺める貴崎《きさき》。

彼女の黒目に、大笑いしながら怪物をぐちゃぐちゃにしていく男が映る。

「あ～その、なんだ、リン・キサキ。気持ちはわかる。だが、怯《おび》えてやんなよ。あいつは必死で――」

フォローするようにルーンが呟《つぶや》く。

破天荒な振る舞いとは裏腹にルーンの本質は割と常識人寄りで、貴崎を気遣って――。

「――綺麗《きれい》」

うっとり。

貴崎はただ、味山をぽーっと見つめていた。

その顔に灯《とも》る色は嫌悪や恐れとは断じて違うものだ。

「ニホン人は進んでんな……」

スカイ・ルーンが深刻な顔をしている間に決着はついた。

「終わりだな、クソ耳」

「GYA……」

ひとしきりボコボコに痛めつけたが、味山《あじやま》はわかっている。

自分の火力では完全に殺せない。

ならば――。

「教えろ、クソヒント。クソ耳にとどめを刺す方法を」

TIPS€　この場にはお前たち以外に耳の怪物を殺したくて仕方ない〝心〟が存在する

TIPS€　復讐《ふくしゅう》を。命を持たずとも心を持つ者が耳の怪物の命を狙っている

「っ！　スカイ・ルーン！　未来を視《み》ろ！」

「あ⁉　ヘイヘイヘイ、――マジかよ、ありえんのかよ、そんな事が……ははっ、いいぜ、どうせなら全員参加だ！　ヘイ、リン・キサキ、こっちだ！　車両の陰に隠れるよ！」

「え、え、な、なにが起きるんですか？」

「復讐《フューリー》さ」

戸惑う貴崎に向かってルーンが笑う。彼女にはこれから起こる未来が視えていた。

「WHAT？　WHAT……？」

「クソ耳、殺しすぎだ、お前は」

TIPS€　鉄の復讐者の目が覚める、彼女に協力しろ

この場には確かにいた。

味山たち以外に、最期の瞬間まで耳の怪物に立ち向かった者たちが。

『選択肢はひとつ』

ぎ、ぎぎぎぎ。

鉄の軋《きし》む音。動くのは血肉のしたたる有機の身体ではない。

「嘘《うそ》、ロボットが……」

ありえないものを見た。

動いているのだ。

もはや残骸と化しているはずの鉄の巨人が残った最後の右腕を上げて。

「ここにきて、ツキがアタシたちに回ってきやがった。ああ、そうだ、怪物がいてダンジョンがあって、未来を視る人間がいるような世界だ。――機械が仕返ししたっていいじゃねえか」

スカイ・ルーンがその姿を見て嗤《わら》う。鉄の巨人の腕が変形していく。

人の手を模したマニピュレーター。ロボットの残った右腕。

かちり、かちり、かちり、分解され、再構成され、銃口のような形に。

『パイロット、応答せよ、パイロット……ハイネ……バイタルの消失を再度確認、パイロットの死亡を再度確認。――シークレットプロトコルの発動開始。パイロット保護の失敗、次点優先事項の順守を。――パイロットの仇《かたき》を』

ここには確かにいたのだ。

『リベンジプログラム始動、ラドンテックコーポレーション、浪漫《ろまん》AI倫理に基づき、リーサルウェポンの使用許可を自己判定。対艦電子投射砲《レールガン》へ機体維持電力をすべて譲渡』

味山只人《ただひと》と同じく死の選択《プランC》の道を行き、敗れた者が。

びりり、蒼《あお》い電気が機動兵器の右腕に集まっていく。彼女のモノアイに赤い光が灯って。

『――探索者、協力を。ターゲットを上空へ』

「了解」

「UUUU、OOHHHHH！」

一瞬の隙を化け物は見逃さない。耳の怪物がその大耳を味山に向けて薙《な》ぐように振るう。

「隙だと思ったか？」

「A」

鬼の武術。ぬるり、味山の身体《からだ》が地を這《は》い、その大耳の一撃を躱《かわ》す。

拳はすでに固めていて。

「じゃあな」

耳《みみ》の大力《たいりき》。味山のアッパーが大耳の穴に吸い込まれた。

「飛んでけ！」

みしり、みしり。無理矢理に振るわれた拳、腰がねじ切れかけ、足の爪が砕ける。

耳の身体を持ち上げて、なお、その拳の勢いは止まらない。

「OOOOOOOOOWOOOOOO！！？？」

ボン。

音が遅れる。

大耳が、味山の拳で真上に向かって吹き飛ぶ。

ロボット、機動兵器が上空へ、銃口をロック。

味山、人差し指を空に向け。

同時に。

『「くたばれ、クソ耳」』

きゅいいいいいいいいいン――。

海鳥が引きつり鳴くような音、すべての音が一瞬消えて。

「OH」

『ハイネ、おやすみ』

鉄の巨人が残されたすべての力を振り絞り、それは発射された。

「NO」

ちゅぴん。

空をくるくる舞う耳の怪物を完璧にレールガンが撃ち抜いた。

赤い花火がぼんっっ。味山が空を眺めて。

「汚え」

ぼとぼとぼと、耳の肉片が蕩《とろ》けた地面に降り注ぐ音だけが、雨のように。

『……右腕完全損壊。プロトコル、終了……活動限界……疑似人格の連続性を保てません、全システムダウンします……』

役目を終えたように、機動兵器、ゴリアテの右腕がぼろろと捥《も》げた。

機動兵器のモノアイが点滅している、人が息を引き取る瞬間のように。

「……クソヒント」

味山が兵器から離れた場所に転がっているあるものを見つめる。

TIPS€　ハイネ・ルーシアン軍曹のヘルメット。内蔵されているニューロリンクシステムによりパイロットと機動兵器は接続される。耳の怪物に捥がれたそれはまだほんのり温かい
「報酬だ、アンタの」

味山がまだ温かいフルフェイスのヘルメットを抱え、鉄の巨人のすぐ近くへそっと置く。

オイルの焦げた匂いが鼻をかすめた。

『……ありがとう、探索者』

それを確認した機動兵器のモノアイが真っ暗に。がくりと。もう動かない。

命のない機械に宿っていた魂がオイルと一緒に揮発していく。

味山の知らない物語が、ひとつ終わった。

「お、終わったの……？」

「……は、ははは、マジかよ、あいつ、本当に生き残りやがった！　ヘイ！　アジヤマタダヒト！　おい、お前、マジでやったな！」

貴崎とルーンがこちらに駆け寄ってくる。

車両の傍《そば》からグレンのいびきが聞こえてくる。

「……全員帰還だ。アシュフィールド、俺もたまには――」

TIPS€　まだだ、終わっていない

「え」

「お、おいおいおいおいおいおい、やめろよ、マジかよ」

「……ああ、お前そういう奴《やつ》だったな」

貴崎が固まり、ルーンが慄《おのの》き、味山ががっくり肩を落とす。
溶けた地面、耳の肉片が降り注いだ地面が、ぼこんと泡立ち。
「ROUND《ラウンド》2うううううううううううううううううう　FIGHT！」
大瀑布《だいばくふ》。
溶けた地面が、膨らみ、弾《はじ》ける。
大海原から鯨の潮が噴き出したかのごとく、地面から噴き出す。
膨らんだボンレスハムみたいな胴体。
至るところから歪《いびつ》に伸びる人間と昆虫の特徴が交じったような沢山の足。
そして、その先端に雄々しく掲げられた大耳。
耳の化け物、その2つ目の姿。

TIPS€　耳の怪物がラウンド2に移行した

「……普通、再生するタイプの敵って核とか壊れたら死ぬんだけどな」
「へいへいへい来てる、来てるよ！　アジヤマタダヒト！　ああ、もうクソ！　ここで死んでたまるかよ、無駄死にだけはごめんだぜ、アタシは！」

「ふ、ふふ、ああ、ほんっと探索者ってさいってい！　退屈しなくていいですよ！　ええ！」

やけくそ気味にルーンが、チェーンククリを振り回す。

貴崎《きさき》が涙目で折れたサーベル刀を構える。

「GYAHA、GYAHAHAHAHAHAHAHAHAHA!!」

ボンレスハムのような胴体をひきずりながら、耳の怪物が突っ込んでくる。

「クソ耳が！　いいぜ、もう！　俺もお前も同類だ！　最後まで殺し合ってやらぁ！」

味山は気付かない。

自分の頬についた耳の形の痣《あざ》、それがもうどうしようもなく広がっている事に――。

そしてそれは、貴崎やルーンに見えていなくて。

TIPS€　分岐点β突破。〝ストーム・ルーラー〟の限定使用、発生

風が、吹いた。

「え」

すぐにそれは雲を届け、雨を呼び、雷鳴を響かせる。

嵐、そして。

「た、つまき……？」

「へ、へへ、やっぱ化け物だなァ、アレタ・アシュフィールド」

竜巻。地上と空を繋《つな》ぐようにうねる。草原の草花を、低い木を、数多《あまた》の怪物の死骸を。全てを嵐が呑《の》み込んでいく。

「TUPON……HELERU」

大耳が、嵐に揺れる。その嵐を威嚇するようにその醜く歪な身体を震わせて。

「……アシュフィールド？」

気付けば、味山《あじやま》は彼女の名を呼んでいた。

嵐がそれに応えるかのごとく勢いを増し、そして、降り注いだ。

「うお!?」

「やばい、伏せろ！　リン・キサキ、こっちだ！」

「あ、はい！」

3人が吹き飛ばされそうになりながらも草原の土を摑《つか》んで、うつ伏せでその様子を見た。

「まじかよ」

嵐が、耳に絡みつく。違う、あれは、龍だ。

龍の姿を象《かたど》った嵐が、耳を呑み込んで。

ＴＩＰＳ€　ストーム・ルーラーの遠隔使用解禁。星は、堕《お》ちた星たちに見つかってしまった

「あ？」

奇妙なヒントを気にする余裕はすぐに消える。

風の音、嵐の中、味山は神話の戦いを見た。

「ONE　ONE　HERERU！！！」

嵐が大耳を引きずり。振り回している。

「SHITTTTTTTTT!!」

圧倒的だ、神話の神が魔物を狩る様とはこのようなものだったのかもしれない。

叫びの中、溶けた地面、沼の穴に耳の怪物を押し付け、落ちていく。

「NOOOOOOOOOOOOOOOOOOO!!」

大耳が、一度、沈殿現象の沼から浮かびあがり、溶けた地面に波紋を描いた。

それっきり、もう二度と現れない。

「まじか」

身体が、痛い。

降りしきる雨、吹きつける風、鳴り響く雷鳴は続く。

嵐の中、探索者たちは茫然《ぼうぜん》と、立ち尽くす。

TIPS€　お前は今回も生き延びた

全員、それでも生きていた。

「以上が本件の顛末《てんまつ》です、バベル島第二階層エレベーターエリアは甚大な被害を被りましたが、アレタ・アシュフィールドの覚醒、そして、味山只人《ただひと》とほか数名が耳の怪物を足止めした事より、防衛に成功。怪物種の地上への侵入は防がれました」

　暗い部屋の中、アリーシャ・ブルームーンの声だけが響く。

《あ～、シエラチーム、そりゃあ、いい話だ。ＯＫ、ＯＫ、さすがは我らが実行部隊。見事不測の事態にも対応し、リセットプランも防いだ。バベル島は無事で、ダンジョンも元通り。世はすべてこともなし、で？　肝心のトオヤマナルヒトの遺物はどうした？》

　その声に反応するように青い光の玉が、ぽわり、輝く。

「報告にもある通りです。トオヤマナルヒトは沈殿現象にてダンジョンの奥底、もしくはそこではないどこかへ。追跡方法はありません」

《なるほど、要は見つかりませんでしたってか？――よくない、それはよくないなあ、どう思う？　大陸の》

　光の玉から響く声。その声に隣の赤い光が反応する。

《別に？　ていうかシエラチームはよくやってくれたでしょ。アンタのその無駄に部下を

いじめる姿、見ててキモイんだけど》
《はあ!?　悪者は俺かよ。こちとら胸を痛めながら言いたくもない小言を言ってるんですがね～》
《言いたくないなら言うなよ、無駄な会議なら私はもう帰る。仙女の連中とお茶会なの、すっぽかしたらまた国をめちゃくちゃにされるから、たまったもんじゃない》
　ふっと、それきり赤い光は消えた。
《あ、ちょ、待てよ！　嘘《うそ》だろ、あの大陸女、マジで消えやがった。これだからコミュ力のない奴はよ～。なあ、連邦、そう思うだろ？》
《う～ん、僕のとこもどうでもいいかな、仮に彼の遺物がゲームチェンジャーだったとして、ほかの国に渡らないんだったらそれでいいや。あ、ごめん、そろそろ見たいＴＶの時間だ。ルー石神の〝あっち行け！　心霊現象〟は最高だね。ニホンのＴＶマンは優秀でうらやましいよ。じゃ、僕もこれで》
　白い光も、それっきり。
《あ、おい！　これだから精神的に幼い奴はダメなんだよ。クソ！　おい、ＵＥ！　お前んとこは違うよな、由緒正しい王国を多数抱えるお前んとこなら――》
《失礼ながら、合衆国。〝予言の壁画〟からすでに世界は大幅に異なった道を歩み始めています》
《悪いがお前んとこのお上品な言い回しは理解が面倒だ、もっとシンプルに言い直す能力

はないのか？》
《ではあなたにもわかるようにシンプルに。たかが1人の人間にひっくり返されるプランしか立てられない覇権者に求心力はありません。耳の怪物の力をその身に秘める、かの凡人探索者。あれを解剖し〝Lプラン〟を進めない事には、我々委員会は合衆国に対し、恐怖を感じることはできませんので、あしからず》
黄色の光もそして、ふっと、消えた。
「……その、お疲れ様です」
《ああ、お気遣いどうも、アリーシャ・ブルームーン、傷ついた心にしみわたるよ。さて、問題だ、味山只人はもう疑いようもなく、あの〝腑分《ふわ》けされた部位〟、壁画の魔物たちと深い関係にある。我々委員会の最終目標にはどうしても、腑分けされた部位の解明が必要だ、ここまではいいか？》
最後に残った青い光が、アリーシャに語り掛ける。
「ええ」
《しかし、だ。あの我らが美しく強くそしてどこまでも目障りで愛《いと》しい星はどうしてか、あの凡人を非常に気に入っている。今の状況で味山只人に手を出すのはつまり、世界中の嵐そのものを敵に回すのに等しいわけだ、それは避けたい、俺たちの目的はあくまで人類の繁栄と永久的な存続だからな》
「ええ、存じております」

《で、だ、アリーシャ・ブルームーン。いや、シエラリーダー。お前はどんな風に俺の役に立ってくれるんだ？　いやいい、みなまで言うな。もちろん考えがあるんだろう？　お前は月だ、姉妹の星が可愛《かわい》くて仕方ないものな？》
「それは――」
アリーシャが言葉に詰まる。その様子を見た青い光が愉快げに何度か瞬いて。
《そう！　その通り！　いったん休み、だ》
「は？」
《もうこればっかりは仕方ない、味山只人の悪運と生存力に脱帽だ。今回の件でもし世界がめちゃくちゃになっていればチャンスはあったが、その芽も失《う》せた。我々にできるのは待つことだ》
「待つ、ですか？」
《ああ、チャンスは必ず訪れる。認めようじゃないか、味山只人は我々が気軽に回収できるモルモットじゃない。狩り甲斐《がい》のある素晴らしい獲物だ》
「……狩人《かりゅうど》が狩られることもありますが」
《おっとこれは手痛いね。だがそれも含めて人生とは面白いもんさ、何回繰り返してもな。さて、そろそろお暇《いとま》しよう。息子の幼稚園のお迎えに行かないとな。妻は今日、ヨガ教室の日でね。ああ、飼い犬のジョンのフードも買わないと、添加物ゼロのが残ってればいいが》

ふっと、青い光も消える。

残されたのは彼女、アリーシャだけ。ふうっと彼女にしては珍しい長いため息をついて。

「……また婚期が遅れそうだな」

彼女のつぶやきは闇に溶けていった。

エピローグ2 ■ 【ガールズトーク】

「いい湯だな……ニホン人ならそう言うんだろ？」

「……別に、ニホン人じゃなくても温泉はいいものですよ、ルーンさん」

「夜の温泉、いいものね……家ではシャワーしか浴びないけど……お湯に浸《つ》かるのって悪くないわ」

夜の闇の中、ほんわりと上る湯気の中。

顔の良い女3人が、手ぬぐいを額に載せて黒い大理石の温泉風呂に浸かっている。

ここはバベル島、探索者組合公営のリラックスホテル。

探索にて身体《からだ》、精神にダメージを負った者が休む施設だ。

「……酔いの後遺症はどうよ、2人とも」

「だいぶ……抜けてきました、今回は悪酔いでしたから」

「あたしも……悪夢は視《み》るわ、幻聴は聞くわ、幻覚も……」

ぬぼーっと冷たい夜風とぬるめのお湯のコンボにやられている貴崎《きさき》とアレタ。

探索者たちはダンジョンに酔う。

短期的には戦闘能力の向上などのメリットが目立つが、長期的には人格の崩壊などの恐

れがある。

　したがって、探索者には組合がこうした福利厚生を用意している。

　少しでも長持ちするように、と。

「……そりゃご苦労なこって。まあ、一番の酔っ払いはアレタんとこの色男だろうけど」

「……ああ、タダヒト。彼、すぐ酔うけど、すぐ覚めるタイプなの。さっき部屋見に行ったら、元気にもうＴＶゲームしてたわ」

「味山《あじやま》さん……昔から、ゲーム好きですもんね……」

「……なあ、アレタ・アシュフィールド。リン・キサキ。お前らはさ、良い奴《やつ》らだよ」

「え？」

「……はい、どうも」

　ぽわ〜っとした湯気の中、スカイ・ルーンが呟《つぶや》く。

　彼女の緑と金の髪にしずくが伝って。

「だから言っとく。……やめときな」

「主語のない会話はわかりにくいわ、ね、リン」

「そうですね、アレタ」

　ぬぼ〜とした顔だったアレタと貴崎はいつのまにか、無表情に。

　夜風が、役割を思い出したように吹き、湯気をさらっていく。

「色男、アジヤマタダヒトの事さ、悪い事は言わねえ、アレはやめとけ」

ルーンの言葉がわずかでもふざけていれば、アレタと貴崎は耳を貸さなかっただろう。

でも、そうではなかった。

「一緒に探索してわかったよ。見た目は石ころなのに、近づくとマグマみてえに煮え滾《たぎ》って、見てて飽きねえ。次の瞬間に何をするんだろうって気になっちまう。それでもやめとけ」

「経験豊富なルーンにそこまで言わせるなんて、あたしの補佐も捨てたものじゃないわ」

「ええ、私の初めての探索者の先輩もやるものですね」

微妙なマウント合戦をするアレタと貴崎、その様子にルーンがため息をついて。

「……本当なら、アタシの視た未来で、アジヤマは死んでた」

「「……」」

「あいつはマジで笑って死ぬ気だった。ダメなんだよ、本当ならあいつみたいな人間が出来る事じゃないんだ」

「ルーン？」

「死ぬってのはな。本当に恐ろしいんだ。乗り越えるのは真の勇気を持つ奴だけさ。でも、あいつはそんなものないのに、平気でその道を選んだ」

星見の視た未来。味山は死の瞬間のその時まで、味山のままで。

「出来ねえはずの事を出来ねえはずの奴が出来ねえままにやっちまう。ただ、その時のノリとテンションで」

スカイ・ルーンは、死の恐怖を誰よりも知っている。

それを乗り越えるのがどれだけ難しいのかも。

「あいつは自分の足元から1メートル先の事しか考えてねえ」

遺物は人間の持つ本来の才能に深く根付く。

ならば未来を視る遺物に選ばれた彼女は味山に何を視たのか。

「そのまま、1人で生き残っちまう、行く所まで行っちまう。なあ、アレタ・アシュフィールド、リン・キサキ。お前らがアレを求めても、アレはきっとお前らには報いない、だってあいつには誰も必要ないからな」

ルーンの中に残っているダンジョン酔いが彼女に本音を語らせる。

「アタシには、味山只人《ただひと》と耳の怪物が同じモンに視え――……ぷえ」

「はい、そこまで、ルーン、貴女《あなた》も酔い、回ってるじゃない、リラックスリラックス」

ぴゅーっと、アレタがいつのまにか手にしていた水鉄砲をルーンに向けて発射した。

「ぷえ、お、おい、アレタ、アタシはまじめに――」

「知ってるわ。最初から」

「あ?」

「彼がそういう奴だって、知ってるの」

アレタの顔。

「ルーンさんもなかなかお目が高いですね。味山さん、確かにそういう人だぁ」

貴崎の顔、んーっと伸びをする様子は陽だまりを味わう猫のように。

「あ？」

スカイ・ルーンには見落としがあった。

「だから良いの。おかしくて、変で意味わからなくて。ずっと見てたいの」

手元に置いておきたい、その言葉をアレタは我慢する。

「退屈しませんから、それがいいです。このままずっと、ずっとあの人はあの人のままでいい」

手放す気はない、その言葉を貴崎は我慢する。

爛々《らんらん》と輝く蒼《あお》い瞳。

夜闇を溶かした黒曜の瞳。

「……」

「……」

虎のルールによって行われた今回の格付けは互いが互いの勝利を認める形に。

故に、2人の探索者は口をつぐむ。

雲が、途切れる。月明りが湯気をなぞる。

「あ～はいはい。忘れてた、お前ら、探索者、だったわ」

スカイ・ルーンは思い出す、そうだ、この2人も筋金入りのバカ。

探索者、だった。

「破《わ》れ鍋《なべ》に綴《と》じ蓋《ぶた》。ニホンにゃいい言葉があるもんだな、オイ」

「あげないわよ？　ルーン」

「あげませんから。ルーンさん」

「いらねえ～」

ルーンが空を見上げる。

「でも、まあ、確かに」

ぽっかりと浮かぶ月、涼しい夜風に、ぬるい温泉。

上々の、探索の終わりに唇を緩めて。

「退屈しないってのは、大事かもな」

「ウォオオオ!?　クラーク!　お前、嘘《うそ》だろ!?　まだ西暦23年だぞ!　なんで黒色火薬開発してんだよ!」

「フフン。アジヤマ、甘い、甘いねえ。君が蛮族相手にチャンバラに興じていた10年!　我がアレーク同盟はひたすらに内政に力を入れ続けた!　知こそ力!　さあひれ伏すといい!」

　パパパウワー、ドンドン。

　呑気《のんき》な割に妙に剣呑《けんのん》なBGMがTVから響く。

「ギャアアア!?　ああ、前線村ヤツハカが落とされる!　クソ、頑張れみんなの零落《れいらく》土地神タドコロサマ!　侵略者を呪い殺せ!」

「ほう、土地神信仰か……文明が発達していない時期には対侵略戦争において無類の強さを発揮するが……無駄無駄無駄ァ!　神秘とは文明によって陳腐化するのだよ!　鉄砲隊!　前へ!　神秘の時代を終わらせるのだ!」

「あ、あああ……た、タドコロサマが……」

　敷かれた布団。畳。散乱したお菓子の袋。飲みかけの炭酸飲料。

用意された広めの和室。

浴衣を着崩した男女。味山只人とソフィ・M・クラークがTVの前で喚《わめ》き続ける。

ゲームをしているのだ。対戦型シミュレーションゲーム、その名も〝ヒューマングリード〟。

「ふわあああ……平和っすねえ」

グレンが横であくびをしながらバカ2人がゲームをしているのを眺めている。

「グレン！　お前の指定探索者さあ！　ずるくねえか!?　見ろよ、村を守るために生贄《いけにえ》になり、その後零落神となったタドコロサマがさあ！　ハチの巣に！」

「グレン、キミの友人は残酷だ。いたいけな少女に生贄の道を歩ませ、兵器とした。ワタシは野蛮な一族をこの世界から抹消する義務があるっ！」

「ああ、はいはい。アンタら妙に波長が合うようで何よりっす。あ。喉渇いたからジュース買ってくるっす。アンタらは？」

「「ジンジャーエール！　辛めの！」」

「へいへい」

グレンが襖《ふすま》を開けて、部屋を出る。

そのままTVゲームに勤《いそ》しむ2人。

味山の顔色はどんどん悪くなる。

「アジヤマ」

「あん？」

唐突に、こぼれるような口調でソフィが呟いた。

人形のような白磁の顔は画面を見つめたまま。

「感謝を。キミにまだお礼を言えてなかった」

「なんだ、急に。あ、ああ……！　俺のジーアマーヤ宮殿が……！」

「キミはワタシの大切なものをダンジョンから連れて帰ってくれた。感謝を」

「……アシュフィールドか？　それとも、グレンか？」

「2人とも、さ」

ソフィがこちらを見つめて、ゆるく笑う。

年齢から考えるとそれは信じられないほど大人びた顔で。

「そうか……それなら、ほら、クラーク。どうなんだろ？　恩人に少し手加減する気ない？　うちの首都、落ちそうなんだけど」

いい話の流れの中、味山の文明はもはや虫の息。淡々とソフィの軍隊に蹂躙《じゅうりん》され――。

「それはそれ、これはこれ、さ。ほいっと」

「ああ！　打首にされた!!」

デデーン！　YOU　DIE！　味山の作った指導者キャラが処刑される。

普通に負けた。

「楽しいね、アジヤマ」

「ふざけろクソガキ!!　見てろよ！　次は！」

　味山《あじやま》が再戦を挑もうとして。

　がらら。

「あ、お疲れっす〜、センセ。アレタさんが呼んでたっすよ〜なんか、あっちのミーティングルームで女子会してるから飲まないかって」

「そういうことは早く言いたまえよ！　では、アジヤマ、ワタシの勝ち逃げ、そういうことで！」

「マジかあいつ」

　戻ってきたグレンの言葉、ソフィが秒でびゅんっと部屋から出ていく。

「まあセンセっすから。それにしても、タダ、お前も随分タフっすね、死にかけたの昨日の話なのに」

「そりゃお前もそうだろ、グレン。あ、そういえばお前そろそろ教えろよ、楽しい計画ってやつ」

　グレンが買ってきたジンジャーエールのペットボトルを受け取りながら味山が問いかける。

「タダ。お前はこれから必ずこう言う〝マジかよ!!　グレン様すげえ！〟」

「うわ、めんどくさ。で、なんなんだ？」

「あめりやの女の子たちとの合コンの話っす」

「マジかよ！　グレン様すげえ！」

「転んでもタダでは起きない。探索からも生還する、美女軍団との合コンもセッティングする、これを同時にやるのが上級探索者ってもんすよ！」

「やべえ、上級……一味違うな」

ごくり、味山が唾を飲み込み、笑う。グレンも釣られて笑った。

防音の部屋の中で、男2人が遠慮なく笑い合い。

「あっはっはっは……は……なあ、タダ」

笑いを止めたのはグレンだ。しん、と。静まり返った表情を味山へと向ける。

「あ？　何だ」

「……聞かねえんすか？　俺の身体《からだ》の事」

「あー……」


——グレンは〝星雲の堕《お》とし仔《ご》〟の共生体として調整されている

まっすぐこちらを見つめるグレンの顔を味山は眺める。

「っ……」

グレンが追及を覚悟したように、唇を噛《か》んで——

「グレン、俺の身体の中にはよお、クソ耳の耳糞《みみくそ》が埋め込まれてんのよ。おまけに夢の中には真っ黒な喋《しゃべ》る人影、通称ガス男に、この前カレーにして食べた河童《かっぱ》のミイラ、キュウセンボウに、ココアにして飲んだ骸骨が棲《す》みついてる」

「は？　タダ？」

味山はゲームをしながら話し続ける。

「クソ耳の耳糞はきな臭いし、ガス男も俺の夢の中で魚釣りばっかしてやがる。キュウセンボウは……まあ、可愛《かわい》いからいい。骸骨はよくわかんねえな」

「いや、タダ、お前何言って……」

「あー……だから、なんだ、グレン。お前こんな感じでいちいち男の身の上話聞きたいタイプか？」

「あ……」

「悪いがキョーミねえ。……だから、聞かねえし、説明もいらねえ、頑丈で良かったな」

「……ははっ、なんだよ、こっちは色々……考えてたんすけど」

「つーか今はそれよりも！　重要なことがあるだろ」

ニヤリと味山が笑う。その笑顔にグレンも釣られて笑う。

「「どうやって女性陣にバレずに合コン行くか!!」」

「ぶはっ！」

「ぎゃはは」

2人が笑い合う。

死地より戻りし2人の男、2人は悪友だった。

「てか、マジな話。どうやって合コン行く？」

「ふむ……」

味山とグレンは互いに首を捻《ひね》り、頭を回転させる。

その表情は、探索の時よりもよほど深刻なもので。

「あ、センセ、端末忘れてら。ちょっと女子部屋に持っていってくるっすわ」

「おーう、気をつけてな、間違いなく世界最強の戦闘力を誇る女子部屋だぞ」

「色気より恐怖が勝ってしかたねえっすよ」

ソフィが布団の上に置いたままにしている端末をグレンが拾ってまた部屋の外へ。

さて、合コン。たのしみすぎる。

「まさか、雨霧《あめきり》さんもいたりして、いやそこまで期待すんのも――」

がらら。

襖が、開いた音がした。

「あ？　グレン、なんだよ、かなり早かったな――え？」

振り返っても誰もいない。

ただ、部屋の出入り口である襖は開いていた。

「……グレン、笑えねえ。いたずらやめろよ」

返事はない。

「開けっ放しだっただけ……か？」

その瞬間だった。

ブツっ。

電灯が切れる。

「あ？」

真っ暗な部屋。ＴＶだけが青白く点《つ》いたままで。

「なんだ……？」

ＴＶの画面には緑一面の光景、まるで大草原のような……。

そして、そこには見覚えのある人影が、ぽつんと立っている。

赤いセーラー服、黒髪赤メッシュのポニテ。腰に佩《は》いたサーベル刀。

「貴《き》崎《さき》……？」

《日本上級探索者、貴崎凛《りん》さん、享年18歳からのビデオメッセージです》

「は？」

音声の意味を理解するよりも先に。

ぶつん。ＴＶが消えて。

《どうして》

《私は駄目だったのに》

生暖かい吐息が首に。

「い……」

ナニカがいる、背後に。味山がゆっくり、ゆっくり後ろを振り返り。

《でも》

《来てくれてうれしかった》

声がした。しっとり濡《ぬ》れて、とても重たい声が。

「……」

気づけば、部屋の電気が点いている。

「マジかよ」

もう、何もいない。

味山はとりあえず、今の出来事を忘れるために、ゲームを再起動し。

「え～こわ～」

世界は広く、大穴は深く、探索は未《いま》だ全うされず。

この世界は未知と恐怖に溢《あふ》れている。
ぱぱぱうわーどんどん。
ＴＶからは呑気《のんき》な音が、響いた。

あとがき

こんにちは。しば犬部隊です。

『凡人探索者のたのしい現代ダンジョンライフ』2巻を手に取っていただきありがとうございました。

〝耳の怪物〟商業デビューしちゃったよ……。

ぶっちゃけ凡人探索者のお話はこの〝耳の怪物〟のアイデアが最初にあり、あとからお話が出来上がったという事情がありまして。

理由も意味も意義もなく、ただ自分の趣味とノリだけで存在する化け物の理不尽さと、自由さに私はほんの少し、うらやましさを感じているのかもしれません。

この場を借りて好きなものを好きなように書かせていただきました編集部様と、何より応援してくださる読者様にお礼申し上げます。

じゃ、また！

しば犬部隊

凡人探索者のたのしい
現代ダンジョンライフ 2

発　　行　2023 年 8 月 25 日　初版第一刷発行

著　者　しば犬部隊
発 行 者　永田勝治
発 行 所　株式会社オーバーラップ
　　　　　〒141-0031　東京都品川区西五反田 8-1-5
校正・DTP　株式会社鴎来堂
印刷・製本　大日本印刷株式会社

©2023 Shibainubutai
Printed in Japan　ISBN 978-4-8240-0553-3 C0193

※本書の内容を無断で複製・複写・放送・データ配信などをすることは、固くお断り致します。
※乱丁本・落丁本はお取り替え致します。下記カスタマーサポートセンターまでご連絡ください。
※定価はカバーに表示してあります。
オーバーラップ　カスタマーサポート
電話：03-6219-0850 ／ 受付時間 10：00〜18：00（土日祝日をのぞく）

作品のご感想、ファンレターをお待ちしています

あて先：〒141-0031　東京都品川区西五反田 8-1-5 五反田光和ビル 4 階　ライトノベル編集部
「しば犬部隊」先生係／「諏訪真弘」先生係

PC、スマホからWEBアンケートに答えてゲット!

★この書籍で使用しているイラストの「無料壁紙」
★さらに図書カード（1000円分）を毎月10名に抽選でプレゼント!

▶https://over-lap.co.jp/824005533
二次元バーコードまたはURLより本書へのアンケートにご協力ください。
オーバーラップ文庫公式HPのトップページからもアクセスいただけます。
※スマートフォンと PC からのアクセスにのみ対応しております。
※サイトへのアクセスや登録時に発生する通信費等はご負担ください。
※中学生以下の方は保護者の方の了承を得てから回答してください。